小学館文庫

土下座奉行

どげざ忠臣蔵

伊藤尋也

小学館

目次

序

弘化（こうか）年間、徳川家慶（とくがわいえよし）公が治世の昼下がり。

五月も下旬。月終わりまでたったの四日ともなれば、もう梅雨（つゆ）は明けて晴れ日が続く。紫陽花（あじさい）の見ごろもそろそろ終わり、代わりに百合（ゆり）やむくげの季節となっていた。

上野（うえの）の不忍池（しのばずのいけ）ではせっかちな蓮（はす）が早くも蕾（つぼみ）をつけたという。――おかげであたりは『いちばん蓮さがし』の人出で賑（にぎ）やかしい。

その年最初に咲いた蓮を探すというのを口実に、散歩やら宴会やらをするこの時節の風物である。客の多くは近所に住む初物好きの町人らだが、芸者や太鼓持ちを連れた大尽衆も少なくない。御池のまわりには食い物の屋台があちこち並ぶ。

廻（まわ）り方の同心も忙しい。

このあたりは寺社地であり町奉行所の受け持ちではないものの、例年酒が入っての揉（も）めごとが増えるため、日に何度かぐるりと廻ることになっていた。

上野を縄張りとする同心の小野寺は、御池の見廻りに行くたびに、

「――おや、しゅうとめの旦那、お連れの方は新しいお小者様で？」

「――ずいぶんとお綺麗なお十手持ちじゃございませんか」

などと声をかけられる。

去年までは無かったことだ。そして声をかけられるたび、

「ははッ。しゅうとめの旦那よォ、町の衆から好かれてるじゃねえか」

と脇を歩く、まさにその『お綺麗な新しいお小者（岡っ引き）様』にからかわれるのだった。

小野寺重吾は二十八歳。北町奉行所の廻り方同心である。近ごろ同心内での序列が五位から四位に出世した。――真面目で熱心な仕事ぶりにて知られていたが、町人たちからは決して好かれていたわけでない。

むしろ逆。生真面目ゆえの口うるささから〝しゅうとめ重吾〟などと陰で呼ばれ、

煙（けむ）たがられていたはずだ。

なのに、ここしばらくでガラリと変わった。

宴（うたげ）の酒の勢いもあろうが、町人たちから親しげに話しかけられることが増えていた。

（……といっても、私が好かれているわけではないがな）

好かれているのは、隣を歩く小者の方。

新たに雇った美貌の女小者〝げんこつ咲く良（さら）〟が気になって、ああして声をかけてくるのだ。

この娘、蓮の花に代わる新たな上野名物となりかけていた。

「よォ、しゅうとめよォ、あれを見ねえ。さっきから若ぇ娘（わけ）が三人、遠巻きにこっちを見てるぜ。手でも振ってやっちゃあどうだい」

「咲く良よ、手はお前が振れ。皆、お前のことを見ているのだ。わかっていように。――それと少しは言葉遣いに気をつけろ。お前まで『しゅうとめ』などと呼ぶんじゃない」

こちらは同心。そちらは小者。威張るつもりはなかったが、放っておいては示しがつかぬというものだ。

だが、叱ったというのに当の咲く良は――、

「ははは。堅(かて)ぇこと言うんじゃねえって」

呵々(かか)と悪びれもせず笑うのみ。

蓮は蓮でも花でなく、態度のでかい蓮っ葉(はすっぱ)だ。小野寺の悩みの種であった。

蓮だけあって根は深い。


北町奉行所廻り方同心序列四位、小野寺重吾。

人呼んで〝しゅうとめ重吾〟。――のちに〝どげざ奉行〟牧野駿河守成綱(まきのするがのかみなりつな)がペリーと対決する際に、腹心として大きな役割を果たす男である。

壱「どげ傷、松之廊下（前編）」

一

「しゅうとめ呼びは嫌だったかい？　はは、前みてえに『こぶ巻きの旦那』と呼ぶ方がよかったか」

「やめよ、咲く良。もうとっくに瘤など治った。恥を掘り起こされるくらいなら、しゅうとめ呼ばわりの方がまだましだ」

小野寺が〝げんこつ咲く良〟を小者にしたのは、つい最近。ほんの今月半ばごろ。――まだ魚屋の女房にやられた瘤の腫れが引かず、頭に晒し布を巻いて隠していたころのことである。

この咲く良、歳は十七。美貌ながらも生意気盛り。瞳は睫毛の奥で不敵に煌めき、花びらのような唇には常にふてぶてしい笑みが浮かぶ。

また蓮っ葉娘らしく異装を好み、いつも前髪だけを櫛で留め、後ろは髷を作らず下げ髪。着物は名前に合わせて季節外れの桜柄。いつでも裾をからげて真っ赤な襦袢と真っ白い脛を見せつけながら歩いていた。——真面目一筋の小野寺にとっては、罪人として捕らえる以外ではあまり接することなき類の女だ。

一方で弱きを助ける義俠の女であり、もとは女人専門の用心棒。小野寺の知る限り、江戸で一番喧嘩の強い町人娘でもあった。

蓮っ葉で、名前はさくら、手にこぶし。

このように男っぷりのよい女というのを若い娘は好むもの。咲く良が手を振ると遠巻きに眺めていた娘三人は、きゃあきゃあと黄色い歓声を上げる。

小野寺は思わず苦笑い。

「ほら見たか。やはりあの娘たち、お前を見に来た客ではないか」

そそのかされて自分が手を振らなくてよかった。要らぬ恥をかくところだった。

「へへッ。まあ、わっちは女にもてるかンな。もとから江戸の娘っ子たちにゃあ名が知れてたし」

咲く良が言うには、あの娘たち、三人とも見覚えがあるという。

いずれも以前からの贔屓筋。地元は上野でないはずなので、わざわざ他所の町から来たのであろう。——このように熱心な贔屓が、江戸のあちこちにいるのだとか。

「けど、あの娘たち、お目当てはわっちじゃねえぜ。おめえを見に上野へ来たんだ。大真面目で」

「私をか？」

「そうとも。この咲く良サマがお仕えする同心がどんな野郎か、顔を拝みに来やがったのさ」

　つまりは値踏み。

〝げんこつ咲く良〟に相応しい男であるか、確かめにわざわざ来たというのだ。

「だから、しゅうとめ、しゃんとしな。胸を張れ。もっと堂々としてハッタリを利かせろ。なおかつ威張りすぎず、感じ良く、わっちをお城のお姫サマみてえに大事に扱え。——でねえと、江戸中の若ぇ娘どもから悪口を言いふらされっぞ」

「面倒な小者を抱えてしまった」

　とはいえ小野寺が咲く良に釣り合う男であるのかどうか、気がかりなのは贔屓筋の娘たちだけではない。彼自身も同じである。

　乱暴者で義に厚く、おまけに奉行の娘であるというこの蓮っ葉娘を自分は扱いきれるのだろうか？　――これこそが同心小野寺重吾の抱える根深い悩みであった。

「……まあ、よい。行くぞ。いつまでも御池のまわりばかり廻ってはおれん」

「へえへえ左様で」

咲く良は雑な返事をしたのち、去り際に再びひらひら手を振る。またも黄色い歓声がきゃあっと上がった。

二

このところ江戸は太平そのもの。

今月は〝あへん先生〟一味による〝蝦蟇ちどり〟騒動こそあったものの、それも無事に収めた今、番屋に持ち込まれる事件はせいぜい掏摸だの喧嘩だの。盗みや殺しの類は起きていない。

すべては〝どげざ奉行〟牧野駿河守成綱のおかげである。――町人たちは皆、口々にそう褒め称えていた。

あの人物が北町奉行となって以来、ありとあらゆることがらを土下座ひとつで見事解決。おかげで、ついには江戸から悪事が絶えてしまったのだという。

町人たちの物言いはさすがに大げさというものだったが、いつしか称える声は千代田の御城内にまで伝わり、今や幕閣や大名すらも駿河の土下座に一目置くようになっていた。

――その千代田のお城にて。

町奉行というものは二、三日に一度の頻度でお城に登る決まりだが、本日、牧野駿河守はその登城の日。

お偉方との評議を済まし、本丸広間前の大廊下を歩いていると……、

「――ホウ、あれが、かの〝どげざ奉行〟牧野殿か。我らにもひとつ土下座をしてもらえぬものかの。話の種になるかもしれぬ」

「――いやいや。それがあの御仁、意外に頑固で、人に言われて頭は下げぬということだとか」

「――なるほど、意外に芯の通った男であるのですな」

などと通りすがった三人に、ひそひそ噂されていた。

三者、いずれも直垂姿。つまりは十万石以上の大名である。そうでなければ、この

装束(しょうぞく)は許されぬ。

それぞれ宇和島(うわじま)十万石、佐賀(さが)三十五万七千石、筑前(ちくぜん)四十七万三千石の藩主たち。皆、けっこうな大大名の身であった。

囁(ささや)きが耳に入った牧野駿河は一旦その場で足を止め、ぺこり、とほんの小さく会釈(えしゃく)する。

直垂大名三人は、

「——おおっ」

と、思わず感嘆の声を上げた。

いや、急なことで声が裏返ってしまったため、音としてはむしろ『きゃあっ』に近かった。

奇(く)しくも同じころ上野では〝げんこつ咲く良〟が似たような歓声を身に受けていたが、こちらは町人娘などでなく、普段は『お殿様』『我が君』などと家来や領民から尊ばれている大物たち。

なのに駿河守に軽く会釈をされただけで、ここまで大喜びをしていたのだ。

牧野駿河は五十一歳。うだつの上がらぬ風貌で、喩えるならば寝ぼけたえびす様のごとし。背はやや猫背。——そんな冴えない見てくれをした男に対して、まるで花魁大夫や千両役者を目にしたかのようではないか。

やがて大名三人はハッと我に返って咳払いをし、己が浮かれっぷりを誤魔化すが、それでも口元のにやけは止められなかった。きっと一同、あとで『あの〝どげざ奉行〟に会釈をされたぞ』とあちこち自慢することであろう。

不思議なものだ。牧野駿河守の土下座癖は、町奉行となる前からのもの。かつては他の幕閣旗本たちから『あやつはすぐに頭を下げる』と侮られていた。

なのに今では、お城の中でもちょっとした顔。御役目は人を変えるものであるのか。あるいは変わったのは周囲の扱いのみであるのか。

ともあれ牧野駿河が、直垂姿の大名らによる熱いまなざしの中を歩いていると……、

「——ご無礼。牧野駿河守殿とお見受けいたす」

聞き慣れぬ声に呼び止められた。

件の大名三人ではない。真後ろからの声である。

珍しい。近ごろ名の知れた〝どげざ奉行〟駿河にとって、知らぬ相手にひそひそ囁かれるのは珍しくもなかったが、こうして直に声をかけられるのはさほど多いことではない。

振り返ると、そこにいたのは烏帽子に素襖の老武士であった。

これまた、少々珍しい。

素襖は高位旗本の着る礼服ではあるのだが、堅苦しすぎるということで昨今はあまり見かけぬもの。よほどかしこまった場であるか、あるいは、よほど儀礼にうるさい者でもなくば千代田のお城であろうと裃で済ますというのが普通であった。

老武士の齢は、見たところ七十そこいら。顔や手の皺、細く萎んだ首回り、烏帽子の脇から覗く白髪などから判じたものだ。なるほど、この年ごろの老人ならば古き儀礼にこだわりを見せても不思議なきものかもしれぬ。

ただ一方で牧野駿河は、

（……この御仁、若者が年寄りの仮装をしているのか？）

とも疑った。

目は長い眉毛で半分隠れているというのに、眼光は屏風絵の虎がごとくぎらりと眩しく、背筋はあまりにぴしりと真っ直ぐ。体の軸は髪一本分すら左右にぶれぬ。なにより、ただ立っているだけというのに全身よりみなぎる気合い。

おそらく武芸の達人であろう。剣術は嗜(たしな)まぬので詳しいことまでわからぬが、ただ者でないことくらいは察せられた。

そんな達人が、自分になんの用があるというのか？

「はて……。どちら様であられますかな？」

訊(たず)ねつつ、相手の家紋に目をやった。

素襖に白く染め抜かれていたのは丸に二本線の『足利(あしかが)二つ引』。高位旗本のうち、この紋を使う家といえば……。

（……なるほど、素襖姿も不思議はあるまい）

刹那(せつな)のうちに牧野駿河は思い至る。

この老人は、千代田城内における儀礼や堅苦しさを象徴する人物であったのだ。

「御無礼を。御高家(ごこうけ)様でございましたか。お初にお目にかかり申す」

駿河は深々と辞儀をする。顔を合わせるのは初めてであったが、彼も幕府に仕える身。その名を知らぬはずがない。

老人の名は、吉良式部義房(きらしきぶよしふさ)。

家禄(かろく)は千四百二十石。――少ない禄ではないものの、大身(たいしん)旗本と呼ばれるにはまだ足りぬ。

でありながらこの人物は、諸大名や幕府高官、ときには徳川将軍からさえ畏怖の対象とされる存在であったのだ。

吉良式部は『高家』であった。

幕府における役職のひとつで、儀式や典礼、武士としての礼儀作法に心構え、そのすべてを司る御役目である。

場合によっては新たな作法そのものを創り出すことさえ許された。礼と形式を重んじる武家社会において絶大な権力を有する存在だ。

ちなみに吉良姓で高家といえば、多くの者がいわゆる忠臣蔵の仇役として知られた吉良上野介義央を思い起こすことであろう。――だが、この式部義房は子孫ではない。室町の世に枝分かれした遠縁で、武蔵吉良家と呼ばれる一門であった。

ともあれ高家であるからには儀礼にこだわりがあって当たり前。素襖くらいは纏うというもの。

まして武蔵吉良家といえば、先代である左京大夫義豊があまりに作法に厳しいことから当時の幕閣らと揉めに揉め、腹を切らされかけたという逸話を持つほど。

その先代にも劣らぬ厳格さであると評判の吉良式部義房は、〝どげざ奉行〟牧野駿

河守成綱の辞儀に対して――、

「――〝失礼〟ッ」

と、ただ一言のみを発した。

短く。静かで。落ち着いた。決して荒らげてなどおらぬ声。――なのに鋭く冷たく、すぱんと刃物で斬り捨てるよう。

この〝失礼〟は『自分が悪いことをして申し訳ない』という謝罪ではない。

『今、お前は礼儀を失した』という叱責である。

相手が北町奉行という幕府要職に就いていようと関係ない。高家は武家の礼節すべてを司る。

つまりは、この世のあらゆる侍を叱る権限を、この老人は有していたのだ。

「はて、これは御高家様……。拙者、いかなる礼を失しておりましたか？」

駿河守が訊ねると吉良式部は、今度は長く、しかし例の白刃を思わす語調のままにて返事をする。

「貴殿が『どちら様』と問うたのは、まことに礼に適（かな）っておる。先に声を掛けた以上、それがしより名乗るが作法というもの。――しかし、その後、貴殿はこちらが名乗るより前に『御高家様でございましたか。お初にお目にかかり申す』と挨拶を済ませてしまった。これこそが失礼」

「それは、なんと……。先に挨拶するのは礼を失しておりましたか？」

「こたびにおいては左様。――おかげでそれがし作法に反した。貴殿に対して声を掛けた側でありながら、こちらから先に名乗ることができなかったのだ。これすなわち他者に非礼を為させる失礼」

「おや、なんと……」

さすがに言いがかりというものであろう。

『駿河が先に辞儀をしたので、自分が礼儀正しくできなかった』などとは。

百歩譲って言い分を認めたとしても、わざわざ叱ることではあるまい。千代田のお城の廊下にて、他の者も見ている前だというのに。

とはいえ――。

「なるほど、そうでございましたか。言われてみれば無礼千万。それならば……」

牧野駿河は〝どげざ奉行〟〝どげざ駿河〟と呼ばれる男。『叱る』の対が『謝る』ならば、この駿河守は達人である。

『それならば』の『ばば』のあたりで、すでに膝は曲げられていた。

これは剣術でいうところの『起こり』の仕草。――つまりは土下座をしようとしていたのだ。

だが、そのまま腰を床へ向かって落とす前に……。

「――それまた〝失礼〟ッ」

またも吉良式部の〝失礼〟が、すぱんと声の刃で斬りつけた。曲がろうとする駿河の膝は、くの字の形でぴたりと止まる。

腰をわずかにのみ屈めた、やや滑稽めいた姿勢にて。

「御高家様、またも失礼とは？　拙者、お詫びしようとしているのですぞ」

「否。土下座は失礼。――それがし土下座を武家の詫びとは認めぬ」

「……異なことを」

詫びでなければなんだというのか。古より土下座は最大級の謝罪の作法。これより上の詫び方など、武家には切腹以外に存在せぬ。

武士たるもの軽々しく頭を下げるべきでないと言いたいらしい。――さすがは高家、頭が固い。この頭の固さこそ高家を高家たらしめるものであるかもしれぬ。

だが、駿河は膝をくの字にしたまま応じる。

「そうでございましたか。ならば、これは失礼の詫びの失礼の詫び」

ほんの五間離れたところにて二人のやり取りを見ていた件の大名三人は、

『——これを見ても、まだ〝失礼〟などと申せますかな？』

という牧野駿河の声を、たしかに聞いた。

口に出しての言葉ではない。心の声。気の叫びだ。それでも三人の鼓膜には雷鳴がごとく、しかと届いた。

そして次の瞬間——、

（——あッ、消えた⁉　これが噂に聞く、駿河守の〝消える土下座〟か！）

牧野駿河の頭が消えた。

十万石、三十五万七千石、四十七万三千石が息を呑む。

本当は、消えたのではなく下げたのだ。それも前より本気の下げ方。

先ほどは動きの『起こり』が見えていたが、今回はあまりの速さに目が追えず、消えたように見えていたのだ。

つまりは土下座。直垂姿の三人が待ち望んでいた牧野駿河の土下座であった。駿河守が得意とする、神速無音の〝消える土下座〟だ。

目にした大名三人は、それぞれが、

（――刀で斬られた！）

（――矢で射られた！）

（――槍で刺された！）

と全身の肌が粟立った。ただ脇で見ていただけというのに。

その身に流れる戦国武将の血が、体軀に警鐘を鳴らしたのだ。――この者の土下座はおそるべき武器であり、命を奪う攻撃である、と。

自分たち直垂姿の大大名らをも怯ませる駿河の『ど』の字を前にしては、さしもの高家吉良式部であろうと〝失礼〟などとは申せまい。

三人は、そう信じた。疑いすらしなかった。

おそらく牧野駿河当人も。

しかし、吉良式部の頭は……、

「貴殿にできることが、それがしには出来ぬとでも？」


消えていた。

駿河と同じく。音もなく頭を下げていたのだ。

やはり神速かつ無音。気づいたときには土下座の姿勢。

牧野駿河守と吉良式部、ふたりそろって額、両膝、両掌（りょうのてのひら）が、べたりと廊下の床に着いていた。

（――なんと⁉　駿河殿のみならず、吉良式部殿も土下座とは！）

しかも双方、美しすぎる土下座であった。

大名三人は、身動きひとつできずにいた。息すらできぬ。

このように突然の土下座を目にしては。しかも、これほど玲瓏（れいろう）たる土下座を前にしては。

（――またも、刀で斬られた！）

（――またも、矢で射られた！）

（――またも、槍で刺された！）

重みは巨城の石垣がごとし。なのに身を極限まで小さく畳んでいたため、鋭利さは研ぎ澄まされた刃のごとし。

駿河の土下座と式部の土下座、いずれ劣らぬ。双方見事。いずれも甲乙つけがたい。

しかも、いずれも似た構え。――道というのは極めれば同じ姿となるものなのか。

それとも後から土下（どげ）た吉良式部は、駿河の型を真似（まね）していたのか。

ただし一箇所、大きく違う点があった。

それは、気迫。

あるいは殺気、殺意といってもよい。

特に、大名三人のうち佐賀三十五万七千石には武芸の嗜みがあったため、吉良式部の土下座から異様な気迫を感じ取れた。

（……まさか吉良殿、駿河守殿を斬る気であるか⁉）

千代田の御城内であるため双方とも大刀は差さずに脇差のみ。

だが、それでも互いに土下座で顔を伏せ、無防備な首の後ろを晒しているのだ。先に起き上がって斬りつければ、老体の小さ刀であろうとも、たやすく命を奪えよう。

今のところ吉良が動く気配はなかったが、それでも……、

（いかん、止めねば！）

三十五万七千石は思わず叫んだ。

「──吉良殿、殿中でござるぞ！」

声を発さずにはいられなかった。吉良の気迫が叫ばせたのだ。

同時に体が勝手に動き、吉良式部へと摑みかかった。残り二人も、やはり本能に突き動かされるがごとく、あとへと続く。

大名三人の行動は、牧野駿河を守るためのものではない。

怯えたためだ。皺だらけの吉良式部に。『なにをしようとしているかはわからぬが、こやつになにもさせてはならぬ』と恐怖に駆られ、ついつい動いてしまったのだ。

直垂大名三人がかりで押さえ込もうとしていたのは、床にひれ伏したままの痩せた老人であったというのに。滑稽とも取れる様相であったが当の三人はいずれも必死の形相である。

気がつけば、先ほどの『殿中でござるぞ』の声を聞きつけ、城内にいた他の大名旗本らが集まってきていた。

あとから来た者たちには、目に映る光景が理解できまい。

なにゆえ町奉行の牧野駿河守は、廊下で土下座をしていたのか。

なにゆえ高家の吉良式部まで、駿河と向かい合って土下座をしていたのか。

なにゆえ大名三人は、吉良式部に摑みかかっていたのか。

そして、なにゆえ吉良式部の老体は、自分よりうんと若い大名三人を相手にしながら、さながら巨石や岩山がごとく床からびくとも動かぬのか。

なにもわかるまい。理解できまい。しかし異常な事態であることだけは察することができたはず。

——奇しくも場所は本丸大広間前の大廊下、松並木が描かれた長襖絵（ながぶすまえ）の前。

つまりは松之大廊下であった。

しかも騒ぎを起こした片割れは、別の一門とはいえ吉良姓の高家。こうなると徳川二百五十年の恥部とも呼ぶべき、あの事件をだれもが思い起こしていたであろう。

世に言う、刃傷（にんじょう）松之廊下。

忠臣蔵の第一幕である。

集まってきた大名旗本たちのうち、ひとりがぽつりと呟（つぶや）いた。

「……どげ傷、松之廊下というわけか」

なるほど、刃を抜いていない以上は刃傷ではない。単に土下座をしていただけだ。

だれの発した言葉であったかわからぬが、以後この出来事は『どげ傷　松之廊下』と千代田で呼ばれることとなる……。

三

やや刻は経ち、夕七つ半（午後五時）過ぎ。

東の空はほんのかすかに赤らんでいたが、町はまだまだ賑やかしい。

小野寺は、傍らを歩く咲く良に告げる。

「咲く良よ、私はそろそろ奉行所に戻るぞ」

「オヤ、もうかい？」

「月終わりが近いのでな。机仕事が多いのだ」

月が変われば、月番も小野寺らの北町奉行所から南町奉行所へと移る。

その申し送りのための書き付けをそろそろ作らなければならなかった。――宿敵である南町同心のために手間をかけるのは悔しくもあったが、とはいえ向こうも毎月、同様に申し送り書を作っているのだ。小野寺も我慢するしかあるまい。

「ンじゃ、わっちも帰るか」

「いや、お前は辰三を探し、二人でもう少し町を見廻るがいい」

まだまだ人の行き来が多い以上、掏摸やら喧嘩やら小盗人やらで、十手持ちの出番があるかもしれぬ。

（……それに、今は半刻だろうと四半刻だろうと、少しでもこやつを辰三と組ませておきたい）

　辰三は、小野寺のもうひとりの小者であり、猪が月代と髭を剃ってつるつるにしたような不細工顔の四十男。

　咲く良とは、小野寺と辰三、代わりばんこで組むと決めていた。どちらかばかりが新米の世話では苦労が増えるためである。――だが小野寺としては本当は、咲く良はずっと辰三と組ませておきたかった。

　あのつるつる猪は、見た目こそ粗野な醜男ながらも極めて優秀。小野寺にとっては父の代からの小者であり、自身も十手持ちとして多くのことを教わった。

　咲く良も辰三と共に町を廻ってこそ、早く一人前になれるというものであろう。それと――、

「いいか、必ず辰三と共に廻るのだぞ。ひとりで勝手にあちこち行くなよ」

　出鱈目者の蓮っ葉狸を単身で動き回らせたくない。想像するだに胃が痛む。

　不安のために渋柿でも齧ったような面持ちとなる小野寺に、この生意気な新米は、

「へえへえ左様で。わかってるって」

と、また雑な返事をした。

この『へえへえ左様で』は、ここしばらく咲く良が気に入っている言い回しだ。こう答えると小野寺が嫌がるので、面白がってわざと日に何度も使っていたのだ。

〝げんこつ咲く良〟の悪戯めいた笑みに送られながら、小野寺は渋柿顔のまま奉行所へと向かった。

奉行所に着いても、面持ちは変わらなかった。

廻り方同心の詰め部屋には同心らが四、五名、やはり月替わりのための書き物をすべく見廻りを切り上げ戻ってきていた。

それまでは一同、黙々と文机に向かい合っていたというのに、小野寺が部屋に来た途端――、

「――おお、小野寺か。さっきは茶を飲みながらお主の噂をしていたのだぞ」

「――色男め、またあの美人小者と見廻りか？」

「――上野の御池にて、ふたりで蓮さがしの散歩をしていたそうだな。宴会帰りの酔っ払いが言っておった」

などと彼を囲んで騒ぎ出す。

この調子では、とても机仕事などできそうもなかった。

（また咲く良か。あやつのせいで、人から話しかけられることがすっかり増えたな）

町人衆からも、仲間の同心たちからも。

特に同心らは『小野寺のやつめは口うるさくてかなわぬ』と、町人たち以上に彼を嫌っていたはずだ。

なのに咲く良を小者にして以来、詰め部屋に顔を出すたびこの調子である。同心になってそれなりに長いが、こんなに同僚と話をするのは初めてであった。

（まあ、多少はあの蓮っ葉狸に感謝すべきかもしれん……）

とはいえ『多少』というなら『少』の方。ほんの少しだ。困ったことの方が多い。

なにせ他の廻り方同心たちときたら、民の規範となるべき身でありながら、

「——それで、あの娘とはもう寝たのか？」

「——うらやましいやつ。げんこつ娘の味はいかがであった？」

などと下卑た言葉で小野寺のことをからかってくるのだ。

仲間の同心に浮いた話が出たことが——しかも堅物（かたぶつ）のしゅうとめ同心に似合わぬ蓮っ葉娘が相手なことが、よほど面白くてたまらぬらしい。

また一方で、

「――ふん、あのような美形と、しかもお奉行の娘とねんごろになるとは、まったく上手くやったものよ」

と彼をやっかむ者もいた。これまた厄介な話だ。冗談ではない。ねんごろどころか指一本触れてはおらぬというのに。

小野寺としてはたまらない。抱いてもいない小者のせいで、からかわれたり、妬まれたりと、始終振り回され通しであった。

ここは同僚一同に、しっかと釘を刺しておかねば。

「皆の衆、何度も申しておりますが……あの咲く良めはただの小者。単に御役目のみのつき合い。男女の仲などではございませぬ」

これで、しばらく静かになろう。――そう考えての言葉であったが、結果としては逆となった。

詰め部屋にいた同心たちは、これまで以上に小野寺へ、わあっと卑しき言葉を浴びせ始めたのだ。

「――小野寺、なんとだらしのない！　貴様、同心失格……いや男失格であるぞ！」

「――うむ。女に恥をかかせるものではないな」

「——だいたい噂が本当ならば、お奉行の娘婿になれるかもしれんのだぞ。そうなれば同心などよりずっと裕福に暮らせよう。帰ったらすぐに抱くがいい」

「——いやいや逆だ。うかつに手を出せば、小野寺を可愛がっているお奉行だろうと羅刹がごとく怒るはず。男親とはそういうものよ」

「——わかる。うちにも娘がいるが間違いない。小野寺が臆病者でよかったのだ」

「——お主の娘はまだ三つであろうに。しかし婿入りはともかく、あの美形を前にして手を出さぬとは……。さすがに腰抜けが過ぎはせぬか？」

どさくさで臆病者だの腰抜けだのと罵られ、小野寺もさすがに気分を害していたが、そんなとき——。

「お主たち、ずいぶんと楽しげではないか」

季節がら開け放した障子戸の向こう側から、聞き慣れた声がした。

それは咲く良の父と噂の人物。

〝どげざ奉行〟牧野駿河守の声であったのだ。

同心たちが目を向けると、奉行はすでに土下座していた。

（もう土下座⁉　さすがの早さ、いや速さ！）

声は、たしかに上から聞こえた。立った頭の位置からだった。——なのに今、その頭は下にある。ひれ伏し、床に着いていた。

（まさか、声が届くより先に土下座したと……？　駿河守の土下座は音より速いとでもいうのか？）

音を追い抜いて落ちるとは、まるで雷。いわば〝雷光土下座〟であった。

驚く小野寺らに、当の奉行は、

「話がある。皆の者、悪いが一旦黙ってくれるか」

と土下座で顔を伏せたまま告げる。

言われるまでもなく同心一同は押し黙っていた。さすがに咲く良を小野寺が抱くべきかどうかなどという話、奉行の前でできるはずもない。

——いや、それを抜きにしても、声を出せる雰囲気ではなかった。

奉行の土下座が、あまりに姿勢がぴしりとしすぎていたのだ。畏まる態度は他人を威圧してしまうもの。四角い土下座に釣られるように、部屋の空気も張り詰めた。

〝雷光土下座〟は〝威圧土下座〟でもあったのだ。牧野駿河ほどの土下座名人がする以上、わざとであったに違いあるまい。

（……お奉行、どうなされたのだ？）

他者の顔色を窺うのが苦手な小野寺であったが、見ずともわかる。――伏せられていた奉行の顔は、いつもの寝ぼけえびすではないはずだ。

いったい、いかなる用件にて、自分たちのもとへと来たのであろう？

よもや大事件でも起きたのか？

あるいは、だれかのへまが露見し、叱責でもされるというのか？

一同が、ごくりと唾を飲む中、奉行は告げる――。

「小野寺よ、お主だ」

「はっ……。いかなるご用でありましょう？」

「お主に説教をせねばならぬ」

「説教、でございますか？」

小野寺がちらりと横目で他の同心たちを見てみると、先ほどまでの張り詰めた空気は一変していた。

皆、ほうっ、と緩んだ面持ちになっていた。それどころか、にやにやと笑みを浮かべる者さえいたほどだ。

皆の考えは手に取るようにわかる。――小野寺にのみ説教ということは、おそらく咲く良のことであろう。だとすれば自分たちには関係がない。高みの見物というものだった。

　同心一同は、先ほどの無駄話の続きとして『小野寺め、なにを言われるのだろうか？』と面白がっていたのだ。

　果たして、なにを叱られるのか？　同心衆の中で小野寺だけが深刻な面相となる。

（よもや、なにかの誤解で咲く良に手をつけたと思われたのか……？）

　あるいは『隠し子であろうと奉行の娘。同心ごときにくれてはやらん』と実際に手を出される前に釘をさす気か？　無論、手を出すつもりなどなかったものの、なぜだか胸にちくりとするものを覚えた。

　小野寺は斬り合いの場に居るかのごとき真顔にて、奉行がなにを言う気か、さまざまに思いを巡らせていたのだが――、

「お主のしゅうとめぶりについて、儂（わし）から一言申しておきたい」

　実際に発せられたのは、どうにも意外な言葉であった。

「……は？　しゅうとめぶり、でございますか？」

「うむ。いろいろ思うところがあってな。やはり口うるさいのはよくないことと思うのだ」

なぜ、その件か？　そして、なにゆえ今か？

自分のしゅうとめ癖はたしかに悪癖かもしれぬが、ずっと前から奉行も知っていたはずのこと。

なのに、なにゆえ今さら叱責を受けるというのか。今になって、なにか気に障ることでもあったのか？

他の同心たちも再び態度一変。いぶかしげな面持ちにて奉行の言葉に聞き入った。

「儂は本日、千代田に登城したのだが、そのとき松之大廊下でな、なんと……」

「いかがなされましたか」

「作法に口うるさくされたのだ。まるで、本物のおしゅうとめ殿にされるように。

──それも日の本の武家のしゅうとめのうち、てっぺんに立つ、最も口うるさいしゅうとめ殿によ」

「……は？」

あまりに意味がわからない。──とはいえ素直に『話がよくわかりませぬ』などと口にすれば、きっと『ほれみよ、口うるさいから儂の話にまで文句を言う』と、よけいに話が長くなりかねぬ。

なので一番わからぬ点だけを訊ねた。

「お奉行、その武家のてっぺんに立たれるしゅうとめ殿とは、どういった御方であられるのでしょう?」

「うむ、御高家様よ。──御高家であられる吉良式部様よ」

つまりはこの奉行、お城で高家に叱られたのだという。

しかも話によれば、互いに土下座をし合い、その後、人が大勢集まってきて『どげ傷 松之廊下』と呼ばれる騒ぎになってしまったのだとか。

……それなりに丁寧に説明をされたはずであったが、やはり理解に苦しむ。わからない。

なぜ叱責されると互いに土下座をし合うことになるのか。そもそも、しゅうとめぶりの件とどう関係があるのか?

そして、さらにはもう一点。

「はて……? ですが、どうにも気になることが──」

思わず言葉が口を衝く。しかし最後まで言い終える前に──、

「ほれみよ、口うるさいから儂の話に文句を言う」

と、ほぼ想像した通りの言葉にて、奉行はへそを曲げ出した。

「ともかくな小野寺よ、御高家様に叱られて儂は思ったのだ。──やはり、口うるさ

いのはよくないと」

「なるほど、そう話がつながるわけでございますか」

「そういうことよ。口うるさくしゅうとめするのは相手の気分を害し、恥をかかせるだけである。まったくもって正しいことではない。小野寺、今後は控えるがよい」

「は……。承りましてございます」

小野寺がぺこりと辞儀をすると、奉行も「うむ」と土下座で応えたのちに詰め部屋を去る。

そして障子戸が閉まって、およそ十ほども数えたころか。同心たちの詰め部屋は、

──わはははははは

と笑いに包まれた。

他の廻り方同心たちの声である。奉行に対して不敬であろうが仕方あるまい。

あの寝ぼけえびすが珍しく真面目な調子であるからなにごとかと思えば、今さら小野寺の口うるささを咎めるとは。──それも自分が叱られたからという、半ば八つ当たりであったとは。

「――ははは。まあ今さらながらとはいえ一理ある。小野寺よ、しばらく大人しくするのだな」

「――うむ。よい機であろう。俺もしゅうとめは悪い癖と思っておった」

「――近ごろお前は、手柄を立て、美人小者を手に入れ、よきことが続きすぎであったのだ。このくらいの目にも遭(お)うておけ」

同僚の同心たちが破顔する中、当の〝しゅうとめ重吾〟は、

(やはり気になる……)

ただひとり真顔。憂いに満ちた形相となっていた。

説教をされたからではない。

奉行の話に一点、引っかかりを覚えたからだ。

(御高家の吉良様、お奉行と『土下座をし合った』と……? では御高家様の土下座は、あのお奉行と――〝どげざ奉行〟と互角であると!?)

大砲とも城砦(じょうさい)とも喩えられる牧野駿河と互角の『ど』の字をできる者が、世には他にもいるというのか。

さすがは高家。武家社会の『礼』を司る存在。

もしかすると吉良式部にとっては土下座など、数ある作法のひとつにすぎず、自在

に使えて当然の技法（わざ）であったのかもしれぬ。

（千代田のお城には、お奉行以外にも怖（おそ）ろしい怪物が巣くっておられるのだな……）

　小野寺は、ぶるりと背中を震わせた。

四

　刻はやや経ち、宵五つ（午後八時）。すでに日は落ち、空は暗い。

　晦日（みそか）近くは夜更けまで月が出ぬため、星々だけでは地を照らす光も頼りない。

　小野寺は机仕事を一旦終え、屋敷に帰ることにした。他の同心たちも同じである。

　奉行所の門を表へ向かってくぐる際、同心のひとりが薄笑いにて皆に声をかけた。

「――それで御一同、吉良邸討ち入りはいつにする？」

　同心たちは一斉に「ぷぷっ」と吹き出した。

　つまりは、松之廊下で吉良氏に恥をかかされた奉行のために、奉行所一同で忠臣蔵のように仇討（あだう）ちをしようではないか、と言っていたのだ。

　無論、冗談である。言い出した当人も笑っている。

　小野寺ですら同じであった。たしかに奉行には何度も世話にはなっていたが、だからといって、だんだら羽織での討ち入りなどは勘弁であった。

(同心というのはお奉行の家臣ではないのであるし……そもそもだ。よくよく考えてみれば、私は町奉行たるもの軽々しく土下座をすべきでないと常々思っていたのだ。『ど』の字を咎められたこと自体に異論はない)

ある意味、高家吉良と意見は同じであるかもしれぬ。

なので恨みなどないし、仇を討つ気もさらさらなかった。

——その後、廻り方同心たちは、それぞればらけて帰路に就く。

同心というものは皆、八丁堀に屋敷があるため、本当ならば行き先は同じ。しかし近所の夜廻りを兼ね、別々の道で帰宅するよう勧められていた。

小野寺は一番大回りの道を通るが、奉行所から八丁堀まではほんの十町。多少回り道をしようと鍛えた脚ならさほどかからぬ。

すぐに自身の同心屋敷の前へと着くのだが……、

「まあ咲く良さん、また桜柄の着物で出かけていたのね？　そんな季節外れの恰好で出歩くものではなくってよ」

「いいだろ別にさ。わっちが好きで着てンだからよ」

「よくありません！　当家が恥をかくのです！」

屋敷の内側から、女ふたりの揉める声が聞こえてきた。

『いいだろ別に』は咲く良の声。どうやら、ちょうど帰ってきたところであるらしい。この蓮っ葉は小者であると同時に、小野寺家の住み込み女中だ。屋敷にいっしょに住んでいる。

もう片方の『まあ咲く良さん』は小野寺の妹、八重のもの。

この妹、咲く良より一つ年上の十八歳で、近所で評判の器量よし。——しかも咲く良と違って立ち居振る舞いの品がよく、まるで同心などよりずっと良い家の娘のようであった。

ただ困ったことに兄と同様、お小言癖の持ち主で、よく人から〝こじゅうと八重〟だの〝黙っていれば小町〟だのと呼ばれているほど。

その妹八重が、小者の咲く良を叱っていたのだ。

このふたり、いつもこんな調子で馬が合わない。当然といえば当然か。——勝手放題の〝げんこつ咲く良〟とお小言癖の〝こじゅうと八重〟では、顔を合わせるたびに喧嘩になって当たり前というものだった。

特に着物に関しては、我慢ならぬということらしい。

「まったく、咲く良さんときたら……。一時は桜柄でなく、ちゃんとしたものを着てくれていたのに」

「へへッ、そんな気になったこともあったっけ。けどワリィな妹殿。毎朝、着物を選んでくれるのはありがてぇが、やっぱ、わっちは桜柄がしっくり来ンのさ」

「もうっ」

「ま、そう怒んなって。兄貴を取られそうだからってイライラすんなよ」

「なんですって⁉　兄上はあなたに取られそうになんかなってませんし、わたくしはそんなことで怒ったりしていません！」

聞いていて、さすがに呆れた。

（あの蓮っ葉狸め、また適当な嘘で八重を怒らせて……）

今の言い合いは八重が正しい。自分は取られそうになどなっていないし、八重も兄を取られたからといって苛立つ理由などはない。少なくとも小野寺はそのように考えていた。――だが、それでも挑発されれば怒りもしよう。喧嘩名人の咲く良は、喧嘩を売るのも名人らしい。八重が怒るのも仕方あるまい。

（止めた方がよかろうな。女の喧嘩に割って入るのは気が引けるが……）

とはいえ、このままでは声が表に聞こえて世間体が悪い。――近所は同僚の同心ばかりであるので、また詰め部屋でからかわれてしまう。

なにより、放っておいたら女同士で摑み合いの喧嘩になりかねぬ。

「お前たち、なにを騒いでいる！」

小野寺は玄関の戸をがらりと開けて躍りこむが――、

「オヤ、しゅうとめ帰ってきたかい」

「兄上……!! これは違うのです。咲く良さんが悪いのです！」

手遅れであった。

すでに、玄関の土間では十七と十八の娘ふたりが摑み合いの真っ最中。

横ではつるつる猪の辰三と養女のおすゞが、親子ふたりでオロオロと立ち尽くしていた。

この屋敷では、夕餉（ゆうげ）は五人揃（そろ）って食べる決まりとなっている。

小野寺と八重、それから小者の辰三とその養女である十歳のおすゞ、あとは新参小者の咲く良で計五人。

献立は、小ぶりの鯵(あじ)を焼いたものと菜っ葉の煮物。鯵には料理名人のおすゞが作った芥子(からし)風味のたれがかけてある。味噌汁(みそしる)の具は大根の細切り。

いずれも味は良いというのに一同の顔は重苦しい。

「辰三、お前がついていながら、なんたることだ」

「へえ、面目ねえ」

小者の先達(せんだつ)である辰三は、厳(いか)つい猪顔の持ち主であったが、実際には見た目ほど気性が荒いわけでない。しかも、おすゞの見ている前では幼い養女(むすめ)に嫌われぬよう普段以上に穏やかに振る舞うというのが常であった。

癇癪(かんしゃく)を起こした八重と喧嘩好きの咲く良の摑み合いなど止められるはずもない。

「それと、こたびの喧嘩、一番悪いのは咲く良であるが――」

「へへっ。悪かったな妹殿。アンタ見てると、つい、からかってやりたくなっちまうんだ」

「咲く良さん、そんな謝り方がありますか！」

またも摑み合いになりかける女ふたりを、小野寺は慌てて制した。

「よすのだ、ふたりとも！　こたびの喧嘩、一番悪いのは咲く良であろうが、八重よ、お前も悪いのだぞ」

「わたくしも？」

「そうだ。ちょうど今日、私もお奉行に叱られた。やはり口うるさいのはよくないのだ。余計な騒動を招いてしまう。どれほど言い分が正しかろうが、面と向かって咎めれば相手の心持ちを害するというもの」

彼は奉行所でされた説教の意味を、今になって理解していた。——なるほど、しゅうとめ癖はよくない。妹たちを見てようやくわかった。

「私も今後はあまり人に口うるさくせぬよう心がけるつもりだ。八重よ、お前も付き合うがいい」

つまりは、いつぞやの奉行の土下座禁止ならぬ、しゅうとめ禁止のしゅうきんである。八重の場合はこじゅうと禁止のこじゅきんか。

兄の言葉に妹は、

「兄上がそう申されますのなら……」

と、いかにも釈然とせぬ面持ちにて返事をした。一方で咲く良は、

「ははッ。兄妹そろって、できもしないこと言うもんじゃねえよ」

などと、けらけら笑うのみ。

辰三とおすゞは無言のまま、なにやら言いたげに顔を見合わせていた。——口には出さぬが、どうやら蓮っ葉の新米小者と意見を同じくしていたらしい。

五

さて夕餉も終え、さらに半刻ほど経ったころ。

もう夜更けというのに、小野寺の同心屋敷の戸を叩く者がいた。

「——小野寺、居るか？」

知った声だ。玄関に出れば、そこにいたのはぎょろりとした目玉の男。

北町の廻り方同心、序列一位の百木であった。

隙のない仕事ぶりで知られており、人呼んで〝決して失敗せぬ男〟。だれよりも多く働き、だれよりも手柄を上げてきた同心である。——先日の〝蝦蟇ちどり〟の一件では大きなしくじりをやらかしてしまったが、それでも同僚たちからの篤い信頼は変わらない。害をこうむった小野寺でさえ同じであった。

その百木が、浴衣姿で玄関先に立っていたのだ。

「百木殿……。いかがいたしましたか？」

聞かなくても察しがついた。きっと事件だ。血走った目でわかる。

百木は普段から似たようなぎょろ目をしていたが、それでも見分けくらいはついた。

この稲光がごとき眼光は、差し迫ったなにかが起きているときの目だ。

「小野寺よ、ついて来い。今すぐだ」

「……はっ、ただ今」

言われるや、浴衣の帯に大小を突っ込み、草履をつっかけ外に出る。

八重と咲く良にも玄関の声が聞こえたらしく、いずれも神妙な面持ちにて、出ていく小野寺を見送った。――八重は兄を案じる家族の顔。咲く良は町を案ずる十手持ちの顔。どちらの面相も小野寺にとっては好ましい。

すでに亥（い）の刻。夜四つ（午後十時）すぎ。

細い月の下、ふたりの足音が八丁堀にひたひた響く。

「こちらだ。来い」

「はっ」

言われるがまま夜道を征（ゆ）くと、行き先はほんの半町。百木の同心屋敷であった。

廻り方同心に与えられる屋敷というのはどれも似たようなつくりであるが、百木家は序列一位だけあって他よりも敷地が広く、裏には剣術稽古用の小さな道場が建てられている。

小野寺が連れられたのは、その道場。

夜中というのに灯りがともり、中には大勢の人の気配が感じられた。

「入れ」

「……はい」

中へ入ると——、

「——小野寺、来たか」

「——これで、やっと廻り方十二名がそろったな」

小野寺と百木を除いた北町の廻り方同心たちが、ぐるり車座となっていた。

ふたりが来たことで、道場内に序列一位から十二位まで勢ぞろい。怪我にて療養中の序列十一位鈴木信八郎まで、杖を傍らに座っていたほどであった。

（……これは、思った以上に大事のようだな）

月番中の廻り方同心というものは滅多に十二人全員集まることがない。皆、多忙であり、縄張りから手が離せぬことが多いためだ。

今日も奉行所の詰め部屋には五、六人しかいなかった。大きな事件を追っている者は、月番中一度も奉行所に顔を出さぬことすらあり得る。

　ここ何日かは皆、そのように厄介な探索を抱えていないはずであったが、それでも全員そろうとは。しかも一同皆、真剣な面構え。

　やはり、ただごとではないらしい。

「百木殿、序列一位に小野寺を呼びに行く役、押し付けてしまい申し訳ない。――では、そろったところで評議の続きをするとしよう」

　そう切り出したのは、廻り方同心序列二位の古手川（こてがわ）であった。

　この男、歳は六十一で廻り方では最年長。目立った手柄は少ないが、老齢ならではの豊富な経験と人当たりのよさで、皆から頼りにされている人物だ。

　小野寺にとっては父親の代から世話になっている大先達であり、辰三と共に十手持ちのいろはを教えてくれた師でもある。

　どうやら、この序列二位がこたびの仕切り役であるらしい。古手川の言葉に百木は、

「いえ、構いませぬ。私が呼びに行くのが一番容易（たやす）かったでしょうから」

　と丁寧な言葉遣いで答えた。序列一位の百木がですますを付けて話す同心は、この最年長の二位だけだ。――ただ、その返事の意味を小野寺は理解することができなかった。

（百木殿が呼ぶのが一番容易い？　どういうことか？）

戸惑っているところに、老同心の古手川が「コホン」と咳払いののち切り出した。

「では御一同、ただ今より――『いかにして小野寺重吾と小者の咲く良を夫婦にするか』の評議を再開する」

「はあっ？」

いつもどこか険しい形相をしている小野寺だったが、これにはさすがにぽかんとなった。

目を丸く見開き、口を間抜けに開けながら、ただただ一同の顔を見渡すばかり。聞き間違えたかと思ったほどだ。

もしかして皆、酔っているのか？　自分を除け者にして酒を飲んでいたのであろうか？　一瞬そのようにも疑ったが、よく見てみれば皆の手元には茶すらない。

つまりは素面ということらしい。

「古手川殿、どういうことなのです？」

「なあに今夕の帰りがけ、妹御の八重殿が咲く良とやり合っているのをたまたま聞いてしまってな」

あの着物の柄の喧嘩のことか。他の同心にも聞かれていたとは。

「それを聞いて思ったのだ。このままでは八重殿に阻まれて、咲く良めが重吾のところに嫁に行けぬのではないか。それを心配しておったら、別の何人かもたまたま喧嘩の声を聞きつけ野次馬に来ておってな。どうすればよいか話をするうちに盛り上がり、気がつけばお前を除く廻り方同心十一名がそろっていた。――で、だったら、いっそ本人である重吾も呼ぼうと思ってな」

「むしろ本人抜きで途中まで進めないでいただきたい」

なにゆえ咲く良と自分を夫婦にしようというのか？

咲く良が嫁になりたいと言ったのか？　いや、そのようなことを言う娘とは思えぬ。一同、勝手に気をまわしているだけではないのか。

この疑念は小野寺当人だけのものではないらしく、彼と前々から不仲である怪我人の鈴木信八郎も、

「皆様、小野寺が最近手柄を上げているからといって、さすがに贔屓にしすぎではありませぬか？　本人たちに任せておけばよろしいでしょうに。私だって嫁はおらぬのですよ」

と、むくれ顔になっていた。

　正論かもしれぬが恩知らずである。その小野寺の手柄のひとつは自分が助けられたことであったというのに。

　しかし、そこに普段温厚なはずの老同心古手川が声を荒らげる。

「莫迦者(ばかもの)、すずしん！　我らは別に、重吾を贔屓しておるわけではない！」

「は……。では、なんでしょう？」

「我らは、咲く良のやつめを贔屓しておるのだ。あやつを可愛く思うから、こうしてわざわざ集まっておる。重吾の方はどうでもよい」

　どうでもよいとは。師であるはずの老同心、あまりといえばあまりの言葉。

　怒鳴られた鈴木信(すずしん)八郎も、

「まあ、それはそうですが」

と納得し、それ以上は言い返さなかった。どうやら鈴木もあの蓮っ葉めの贔屓のようだ。

（あやつめ、可愛がられる天才か！）

　以前〝蝦蟇ちどり〟の一件で、咲く良は他の同心一同とも顔を合わせていたのだが、どうやらその際に、あの『がらは悪いが意外に人懐っこい』という性分のおかげもあって、皆に気に入られていたらしい。

たとえるなら『獰猛そうに見えながら弁当の余りをやったら甘えてくる野良犬』といったところか。――毛並みがよいだけの狆より可愛く思えるものかもしれぬ。

（まったく、屋敷でも上野でも廻り方でも、あの蓮っ葉狸のことばかり……。私の暮らしの中に、すっかりあやつが入り込んでしまった）

自分も皆も、だれもが咲く良に振り回されている。――どのような場でも一枚目の主役を張る、芝居の花形役者がごとき娘であった。

（だいたい廻り方はこんなに皆、仲が良かったであろうか？　私が嫌われていたことを抜きにしても、このように集まってふざけた評議など初めてのことでは？）

これもまた咲く良のおかげ……いや、そもそもは父親だという牧野駿河守のおかげであったかもしれぬ。

町奉行所というものは皆忙しく、罪人を扱うということもあり、常に殺伐としているものであった。なのに、あの〝どげざ奉行〟が来て以来、奉行所内ではあらゆるものから角が取れ、すべてが丸くすんなりしてきたように思える。

だとすれば、あの父娘に誰も彼もが変えられてしまったということであろうか。

悪い変わり方でないとは思うが……。

気がつけば他の同心一同、喧々諤々の評議をいつの間にか再開していた。

「──やはり小野寺が腰抜けなのが悪かろう。俺なら、さっさと手をつけておるし、妹に口など出させぬ」

「──はは。そこまで言うなら自分で手を出せばよいではないか」

「──いや、それは……。咲く良のやつは美形であるが、あの気性であるし、お奉行の娘だ。あとで面倒になるに決まっておる」

「──そうそう。小野寺に取られるのは多少悔しくあるものの、他人とくっつけさせて傍目で見るのが一番楽しいというものよ」

「──ウム。やはり自分ではな」

どうやら贔屓はしていても『可愛がる』より『面白がる』の方が上らしい。一同、勝手なことを並べ立てていた。酒も無しによくもここまで盛り上がれるものだ。小野寺もいい面の皮というものだった。

一方で、同心序列一位であり一同の実質的な上役である百木は、さすがに一歩引いた態度である。

「すまぬな、小野寺。ふざけた場に呼んだ私に腹を立てていよう」

「いえ、そのようなことは……。しかし驚いてはおります。このようなくだらぬ用事で百木殿が呼びに来られたとは」

「うむ。お前が勘づいて逃げぬための用心だ。私ならば大事な用と思って逃げぬだろうからな。──お前には悪いが、私も咲く良めを贔屓することにしておる。これが、せめてもの償いよ」

「なるほど……」

償いというのは、以前のしくじりに対してであろう。

この序列一位、先の〝蝦蟇ちどり〟の件で咲く良を囮にして失敗し、危うく命を落とさせかけた。それを悔いていたらしい。──ただ、咲く良と自分の縁を結ぶことが償いになるのかどうか、その点は小野寺にとって疑問ではあったが。

ともあれ同心たちの議論は続く。

「──やはり問題は小野寺の妹だな。そんなに厳しい妹となると、あのがらっぱちの〝げんこつ咲く良〟だ。嫁入りなど許されまい」

「──いやいや、誰でも同じであろう。兄ひとり妹ひとりの家だ。妹の八重殿が兄離れできぬのも当たり前。ほれ、小野寺の父母は……」

「──ああ、そうであった……。うむ、悪かった」

「──妹御に『よい人』でもできれば、兄のことなど構わなくなるのでは？」

「――ははは、そのときは逆に〝しゅうとめ重吾〟が本物の舅になって怒り散らすに違いあるまい」

「――それに〝黙っていれば小町〟と名高い八重殿であるし、難しいかもしれぬぞ。見合いの口も断られたと聞いておる」

黙って聞いていようと諦めていた小野寺だったが、こうして妹の悪口となればさすがに別だ。

先ほど、だれかが『八重が兄離れできぬ』などと言っていたが、実際には小野寺の方がよほど妹離れできておらぬのだろう。

今こそ〝しゅうとめ重吾〟の本領発揮。相手が同僚の同心であろうと厳しく物申してやらねばなるまい。――ほんの半刻前、その妹に『あまり人に口うるさくせぬよう心がける』と約束したばかりであったが知ったことか。

「各々がた！」

声を荒らげようとした、まさにそのとき。

「いやいやいや。小野寺殿のところの八重殿でしたら、拙者の妻とは歳が近いゆえ懇意ですが――」

小野寺の出鼻をくじく拍子で、幼さを残す甲高い声が割り込んだ。

序列十二位の立原だ。廻り方同心十二人中最年少の十六歳で、同心内では『若立原』と呼ばれている。

さすがに声変わりは済ましていたものの、それでも年長者十一人に交ざると、この若者の声はやたら目立った。今のように苛立っているときには耳障りとすら感じてしまう。

しかも発した言葉の中身は……。

「近ごろ八重殿、その『よい人』ができたという話ですよ」

あまりにも聞き捨てならぬ。

高い声とは関係なく、小野寺には耳障りすぎるものであった。

幕間の壱

真夜中九つ（午前零時）。高家である吉良式部義房は、深夜というのに千代田のお城へ呼び出された。

相手は幕府の二大権力者——すなわち、もと老中〝大御所老〟こと水野越前守忠邦と、二十七歳の若き老中〝新進気鋭〟阿部伊勢守正弘である。

「来たか式部よ。牧野駿河となにやらあったそうであるな？」

「御高家殿、手出しせぬ方が身のためですぞ。あやつを突けば、いつも皆が面倒な目に遭う。捨て置かれよ」

ふたりは大物幕閣の密談でのみ使われる〝松風ノ間〟にて並んで座り、そろって式部の皺顔を睨めつけた。——水野越前と阿部伊勢は犬猿の仲で知られている。なのに、あの〝どげざ奉行〟に関してだけは、こうして意見を同じくしていた。

噂によれば、かつてふたりは牧野駿河を潰そうとしたが、そろって土下座にて返り討ちに遭ったのだとか。以来、水野と阿部は、駿河守とその土下座を大筒用の爆薬のようにおっかなびっくり扱うよう決めたという。

「誤解するでないぞ。我らは駿河を怖れておるわけではない。のう阿部伊勢よ」

「左様。水野越前殿の仰せの通り。あやつの土下座、失われるには惜しい芸。残しておきたいというだけのこと。――たとえば欧羅巴と戦にでもなった際、なにかの役に立つかもしれませぬ。異人に土下座が通じるかまでは存じませぬがな」

その言葉を聞いた吉良式部は、長く伸びた眉の奥で、かっと両目を見開くや、

「――御両者、〝失礼〟ッ！」

耳をつんざくばかりの声にて、二大権力者を怒鳴りつけた。

「情けなや！　駿河の土下座、武士の礼節を損なうものであるは明白。なのに御両者、武家が惣領徳川に仕える身でありながら、その土下座を野放しにしようとは……。なにが欧羅巴との戦か！　たとえ異国に敗れ、日の本全土を奪われようとも、〝大礼〟たる武士の礼節が失われるに比するなら、まこと些末でござろうに！」

その剣幕、その声量。その理屈。思わず水野と阿部がたじろぐ中――、

「拙者、これにて御無礼仕る。――御不服ならば、腹でも首でもお切らせなされ」

と言い残して席を立つ。

白髪の吉良式部は、たとえ千代田の権力者らを敵にしようと〝どげざ奉行〟を捨て置かぬと決めたのだ。

弐「どげ傷、松之廊下（後編）」

一

夜、寝床にて小野寺は思う。

〝どげざ奉行〟牧野駿河守の弱点は、礼儀作法ではあるまいか。

無論、作法といっても挨拶の口上や箸（はし）の持ち方といった話ではない。武家の在り方についてである。――町奉行という公儀の要職に就く武士が、軽々しく土下座するのは礼節として正しいことではあり得まい。

ならば奉行の最大の敵とは、世で最も礼儀作法にうるさい人物かもしれぬ。

（たとえば忠臣蔵の吉良上野介か。あの人物も御高家であったな）

百五十年近くも前の人物で、言うまでもなく故人であるが、その作法への口うるささから浅野内匠頭の憎しみを買い、結果として忠臣蔵騒動を引き起こした……と芝居などではされている。

小野寺に限らず『江戸開闢以来最も礼儀作法にうるさい男』といえば、あの芝居の仇役を思い浮かべる者は多かろう。

そして今、奉行は同じく吉良姓の高家を敵に回した。

これ即ち、最大の敵となるはずだ。

(もちろん、仇討ちや討ち入りなどは御免であるが……。一応、仕度くらいはしておくべきか？　討ち入りに使う陣太鼓やだんだらの羽織は、どこで買えばよいのであろうな)

夜中というのに目が冴えて眠れない。暗闇の中、くだらないことばかりが頭にグルグル思い浮かぶ。

小野寺が奉行のことばかり考えていたのは、別の一件から気を逸らすため。油断をすると、考えたくないことに頭の中身を占められてしまうからだ。

(古道具屋で安く売っていればよいのだが……)

——今、油断した。『よいのだが』の『よい』から余計なことを思い浮かべた。

(……八重に『よい人』だと？　冗談ではない！　あやつ、ほんの十三年前には五つの童（わらべ）であったのだぞ！）

　これこそが考えたくない別の一件であった、目はますます冴え渡る。

（いかん。明日に響く。さっさと眠らねば……。そもそも、あの若立原が言っているだけのことではないか。あやつは廻り方で一番年下だけあって迂闊（うかつ）者。普段から間違いも多く、こたびの一件も眉唾（まゆつば）ものよ。信じるには値せぬ。うむ。――もちろん八重も十八。普通はとっくに嫁に行く歳。本当に『よい人』とやらができたなら、私も喜んでやるつもりであるが……いや！　やはり、ほんの十三年前には五つの童であった八重にそのような者など！）

　眠れぬまま、刻はゆるりと過ぎていく。

　夜が明ける。結局一睡もしていない。

　それでも、いつものように庭にて日課の素振りをしていると、咲く良がふらりとやってきた。

「オウ、しゅうとめ。気づいてっか」

　この蓮っ葉狸、本当なら今は八重を手伝って朝餉の仕度をしているはずだが、怠けて抜け出してきたらしい。

口元には、にやにやとした妙な笑みが浮かんでいた。

「なにを気づいているというのだ？」

「きっと魂消るぜ。おめえの妹殿のことだよ」

八重のことだと？　――と雑念が入って握力が緩んだ。

木刀が手からすっぽ抜け、垣根の竹に突き刺さる。

「――？　なにやってンだよ。まだ聞いてもねえうちに慌ててンじゃねえ」

「う……うむ、そうだな。それで八重がどうしたのだ？」

妹のことだからといって、例の『よい人』とやらの話とは限るまい。

木刀を垣根から抜き、気を鎮めるべく、水筒に汲み置いていた水を飲むが……、

「妹殿、男ができたみてぇだぜ」

「ウブッ⁉　ゲホッ、ゲホッ、ゲホッ！」

水が喉を通ったところで驚いたものだから、溺れそうなばかりに咳き込んだ。

まさか、まさしく『よい人』の話であったとは。

「ははは、なんだよウブゥッて。やっぱり妹に男ができるのは気に食わねぇかい？」

「い、いや……。そんなはずなかろう。めでたいことではないか。うむ。――だが、

どうやってそれを知った？　本人から聞いたのか？」

「まさか。そンなん自分で教える女じゃねえさ。わっちが自力で嗅ぎつけたンだ」

「お前がか」

「そうさ。あいつ、ゆうべから妙にソワソワしてたし、わっちと揉めたのにすぐ機嫌を直してやがった。いつもなら、ずっとブツクサ言うくせに。——なにより、さっき部屋を覗いたら、やたら迷いながら余所（よそ）行きの着物を選んでやがったンだよ。ありゃあ今日、男とどっかに出かける気だな。朝の家事を済ませたら、選んだ着物に着替えて男に会いに行くつもりなンだろ」

なんだ、その程度か。——小野寺は、ほうっと胸を撫（な）でおろす。

〝こじゅうと八重〟とて機嫌のよい日くらいはあるし、余所行きで出かける日くらいもあろう。咲く良の話は、あまりにも根拠が薄い。

そもそも今日出かけることは何日も前から聞いていた。

なんでも稽古ごとで仲よくなった仲間と芝居見物へ行くのだとか。遊びに行くのも久しぶりであったから、楽しみでソワソワしても不思議はあるまい。

（おそらく咲く良めの早とちりであろう。こやつといい昨夜の若立原といい、ろくな証拠もなく適当なことを……）

半ば自分に言い聞かせながらもう一口、水筒の水を口に含むが——、

「おすゞ坊もそう言ってたぜ」

「ウブッ！」

またも、げほっ、げほっと咳き込んだ。

辰三の養女のおすゞは十歳ながらも勘のよい子だ。かんざし屋で奉公していただけあって女心をわかっている。あの娘が言うなら十分あり得る話であった。

——その後、自分と八重、咲く良、辰三、おすゞという、いつもの五人で朝餉を取る。

気のせいであろうか。妹八重の面持ちは、なぜか普段より艶めいて見えた。献立は焼いためざしと菜っ葉の味噌汁。いずれも砂を嚙むような味がした。

上の空で飯を搔き込みながら、小野寺はひとつの決断をする……。

二

「では八重よ、行ってくる」

「はい。お気をつけなさいませ」

気のせいか、見送りの挨拶が素っ気ないように思えた。

ともあれ朝五つ半（午前九時）。小野寺は、辰三と咲く良、小者ふたりを連れて奉行所へと向かう……はずであった。いつもであれば。

今朝は別だ。

「辰三、上野の見廻りは頼んだぞ」

「へえ。本気でやしたら止めやァしやせん。——あっしも八重サマのことは気になりやすんで」

「うむ。私は妹を尾行る」

小野寺は本日、見廻りを休み、八重を陰から監視することにした。

朝飯を食いながら決めたことだ。一日だけとはいえ、晦日の迫るこの忙しい時期に私用で職務を抜けるのは〝しゅうとめ重吾〟にとって並々ならぬ決意を伴う行為であった。

「咲く良よ、お前は辰三と共に見廻りに行け。あやつから多くのことを学ぶのだぞ」

「んー……いや、わっちもおめえと行く方がいいんじゃねえか」

「なぜだ？」

「おめえは尾行が下手だからさ。ひとりだけだと逃げられたり見つかったりしちまうかもしれねえ。八重のやつは勘もいいし。――かといって辰三どんには見廻りをさせとかねえと上野の縄張りが心配だろ？」

つまりは、この蓮っ葉、自分の方が尾行が上手いと言っていたのだ。

たしかに小野寺は決して尾行が得意な方ではなかったが、今月になってから十手を預かったばかりの新米小者にそこまで莫迦にされる筋合いはない。不愉快な。

だが、そんな咲く良の言葉を聞き、辰三まで――、

「それがいいでやしょう。こいつはなかなか筋がいいですし、芝居小屋あたりの界隈も詳しいでやしょうから」

などと、ぶごーふごーと鼻を鳴らしつつ頷いていた。

(……そこまで私の尾行は信用ならぬか)

小野寺は同心としての自信をやや失いつつも、咲く良を連れていくことにした。

小野寺は、物陰に身を潜めて自らの屋敷を見張る。

一方、咲く良は「ちょいと待ってな」と隣家をこっそり裏から訪ねる。――再び出てきたときには、まるっきり別の姿となっていた。

お隣の奥方に頼んで地味な模様の着物を借り、着ていた桜柄から手早く着替えてきたのだという。後ろ髪も髷を結い、美貌はそのままながらも、恰好だけならそこいらにいる普通の町娘となっていた。

「どうだい、しゅうとめ。遠目にゃ、わっちとわかるめえ」

「うむ……。驚いたぞ」

だが、変装以上に驚いたのは、隣家を気軽に訪ねたことであった。

（いつの間に隣と仲よくなったのか……。こやつ、人づき合いの化け物か？）

生まれたときから隣に住んでいる小野寺でさえ、これほど簡単に着物を借りられるとは思えない。

ともあれ見事な変装。もしも姿を見られようとも、八重もすぐには気づけまい。

――なるほど辰三の言う通り、この蓮っ葉狸、なかなか筋がよいようだった。

「しゅうとめ、おめえ羽織を脱げ。それじゃ同心まる出しだ。風呂敷も借りてきたから、こいつに包みな。十手も懐に入れて隠せ」

「う……うむ、そうだな……」

ちなみに小野寺たちがこそこそ忍んでいる姿を、奉行所へ出仕しようと道をゆく同僚の廻り方同心たち何人かに見られてしまった。だが、いずれも、

「――そうか、なるほど」

だの、

「――ああ、妹御を見張っておるのか」

だのといった反応だ。

昨夜の寄り合いで八重の『よい人』の件を聞いていたため、自分の屋敷を見張る理由にすぐ察しがついたのであろう。さすがは皆、十手持ち。ものわかりがよい。

そんな調子で半刻近くも隠れていると、やがて八重が門から出てきた。

辻(つじ)に潜んで見てみれば、着物は余所行き用のもの。季節に合わせて夏の青空を思わす水浅葱(みずあさぎ)色で、柄は尖(とが)った花弁の桔梗(ききょう)の花。あえて秋の花をあしらうことで涼やかさを出しているのだろう。まるで爽やかな風が吹いたかのよう。

薄く化粧もしているようで、唇や頬の淡い紅がもとからの白い肌に品よく映える。

これほどめかしこんだ妹を見るのは珍しい。

「行くぞ、咲く良。あやつを追うぞ」

「ふわあ～。へえへえ左様で」

咲く良はとっくに飽きていたのか、欠伸(あくび)しながら返事をした。

八重はそのまま女下駄をからころ鳴らして北へと向かう。――小野寺たちは十間ほど距離を取りつつ、うしろを追った。

　途中、咲く良がぽつりと漏らす。

「ふうン、ちゃんと北っ側(かわ)に向かうみてえだな」

「どういう意味だ？　芝居見物なのだから、こちらに行くと決まっていように」

　世にいう天保(てんぽう)の改革以来、芝居小屋の江戸三座はすべて浅草(あさくさ)に移っていた。同心屋敷のある八丁堀からは北になる。

「いやいや。だからさ、ちゃんと芝居小屋のある浅草に向かってやがると言ってンのさ。どっか近くの出合(であい)茶屋にでも入るンじゃねえかと思ってた」

「であ……⁉　莫迦者、そんなはずあるまい！　嫁入り前の娘が、そのような場所へなど！」

「シッ、声がデケえっての。ははッ。本当はわっちだって、あの妹殿がそンなとこ行くたァ思ってねえさ」

「では、なぜ言った？」

「そりゃ、おめえが吃驚(びっくり)して面白えだろうと思ったからだよ。からかっただけさ。——ただ、ま、一応念を押しとくが、浅草にも出合茶屋はあるかンな？　まだまだ心配したままでいな」

「黙れ。妹はそのようなところに行かぬ。信じておる」

『信じておる』のところで咲く良はまた笑う。——なにが可笑(おか)しいのか最初は理解できなかったが、しばし歩いてから気がついた。

（なるほど、笑われても仕方あるまい……。なにが『信じておる』か。妹を信じていないからこそ、こうして尾行しているのではないか）

笑う咲く良の横で、小野寺は苦い顔をする。

「へへ、しゅうとめよ、その顔、わっちの言いたいことわかってくれたみてえだな。——ま、わっちは面白けりゃどうでもいいがさ。妹殿のお相手がどんな顔をしてんのか拝んでやりてえのと、しゅうとめがどんな顔をするのか見てやりたくて、それで手伝ってンだから」

「悪趣味な」

気がつけばそろそろ浅草。三座のある猿若町(さるわかちょう)まではほんの二町。

八重は兄たちに尾行(つけ)られていると気づかぬまま大通りを歩いていたが、やがて一軒の店の前にて立ち止まる。そこは、なんと——、

「おッ。妹殿、茶屋に入りやがる気だぞ」

「なにっ、茶屋だと⁉」

つい先ほど出合茶屋の話をしていたばかりであるため、小野寺は心の臓が止まりかけた。

まさか妹が茶屋へなど！　果たして相手はだれだというのだ？

思わず、右手が剣へと伸びる……。

「オイッ！　落ち着けしゅうとめ、普通の茶屋だ！　出合茶屋じゃねえ！　――からかって悪かったから刀なんか抜くんじゃねえ！」

さすがは喧嘩名人の〝げんこつ咲く良〟。剣を抜く前に、腕を摑んで止めてくれた。並みの者であったなら、北町最強の剣士〝しゅうとめ重吾〟の腕になど触れることすらできなかったはずだ。

「いかん……。すまんな咲く良よ。しかし抜く気はなかった。ただ、なにやら落ち着かず、柄を触りたくなったというだけなのだ」

人というのは心乱れると半ば気づかぬまま、なにかを手で触れたくなるものである。たとえば顎を撫でたり、畳のけばをむしったり。赤子の指しゃぶりも同じこと。

小野寺の場合、日ごろから剣術の鍛錬を欠かさぬがゆえに、剣の柄へと手が伸びたのだ。――無論、帯刀する侍として最大の無作法であり、普段であれば決してやらぬ。

つまりは、今の彼はそのくらい平静を失っているということであった。

「いや、柄に手を伸ばすだけで十分物騒だってぇの。しっかりしやがれ。次に落ち着かなくなったなら、わっちの手でも摑ンでな」

「手など摑むか。子供と母親ではあるまいし」

「今のおめえは似たようなモンだ。とにかく心配すンじゃねえ。芝居小屋の近くは人が多くて混んでやがるから、ああして手前の茶屋で待ち合わせするものなンだよ。女の芝居見物にはよくあるこった」

なるほど言われてみれば、このあたりは茶屋が多い。芝居の女客を当て込んでのものということか。

件の店の看板には、悪役ながらも色男ぶりで知られた仲蔵（なかぞう）の斧定九郎（おのさだくろう）が描かれていたが、これも女受けを狙ってのものであったろう。——定九郎は仮名手本忠臣蔵の五段目に出てくる盗賊である。どうも昨日から忠臣蔵尽くしであった。

（つまり、この店は女人向けの茶屋であるのだな）

ならば待ち合わせ相手も女人であるはず。心配する必要などなかった。

小野寺が胸を撫でおろした、まさにそのとき——。

「——おや、いらしたか」

縁台に腰かけていた若い侍が立ち上がり、八重へと声をかけたのだ。

（――ッ⁉　この者は……？）

小野寺たちは気づかれぬよう、ぎりぎりまで近づき耳をすます。

「――八重殿、いつにも増してお綺麗な。お召し物は竪絽ですかな？　それに、その模様は……」

「――ふふ、桔梗でしてよ。あなた様とおそろいです」

この侍が、待ち合わせの相手であった。

年のころは八重と同じく十八かそこいら。水色の着物に紺色袴という姿であり、腰の大小は鮮やかな朱鞘。――月代は剃らずに総髪頭で、長い髪を後ろで縛ってそのまま背中に垂らしていた。風が吹くたびさらさら揺れる。

背丈は小野寺と同じくらいといったところか。八重と並ぶと拳ふたつ分ほど高い。ただ、すらりと細い体つきであったため、比べるものがなかったら、もっと高く見えたであろう。――そして、なによりその顔。

美人であった。

男を美人と評するのはおかしかろうが、ほかに言い表しようがない。

凛々しく整った顔立ちは、まるで芝居小屋から脱け出してきたかのよう……否、小屋の役者などでなく、芝居や絵物語の中から人物がそのまま抜け出てきたかのよう。

つまりは色男。むせかえるような色香を立ち昇らせる若侍であったのだ。面立ちや立ち姿には品があるにもかかわらず、色悪風とでもいうのであろうか。どこか店の看板の斧定九郎にも少し似ているように思えた。

(……気に食わん)

男というのは大概、色男が気に食わぬもの。

まして妹に近づく色男であればなおさらである。『いつにも増してお綺麗な』など と女慣れしたような言葉を吐くような男、虫唾が走るというものだ。

(八重め、あんな男と芝居など……。いや、そもそも男となど!)

稽古ごとの輩と遊びに行くと言っていたのに。

たったひとりの身内である兄をたばかったか?

「おいッ、しゅうとめ! また手が勝手に刀へ伸びてやがンぞ! しっかりしろ!」

「む……。うむ……」

　またも咲く良に手を摑まれた。

（いかん、私はなにを……）

　こたびも抜く気はなかったが、もし抜いていたら、いったいなにを斬っていただろうか？　――あの若侍か？　それとも八重か？　はたまた自分の腹であったか？

　小野寺は自分が怖ろしくなる。同心剣豪などと持ち上げられておきながら、己が怒りも抑えることができぬとは。同心としても剣士としても失格であろう。こんなざまでは大小を持ち歩く資格などない。

　と、そんなとき。

「――兄上？　なにゆえ浅草におられるので？　しかも、よく見ればそこにいるのは咲く良さんでは⁉　なにゆえ手をつないでおられるのです！」

　騒いだものだから、八重に見つかった。

　しかも手を摑まれているのを、仲良くしていると勘違いされてしまったらしい。

「い……いや、手は誤解だ！　それより八重よ、その男はだれであるのだ⁉」

「兄上、『その男』などとは御無礼な。この方は――」

途中まで発せられた八重の言葉をさえぎるように、美貌の若侍は一歩前へ出て辞儀をする。

「兄君殿であらせられましたか。御高名、かねてより伺っておりまする」

ただの会釈。静かに頭を下げただけ。

でありながら——、

(——ッ⁉　なんと!)

小野寺の背筋はびくりとなった。右手は危うく、またも刀に伸びかける。

単なる辞儀というのに鋭すぎる剣気を感じたのだ。立ち合いならば首を落とされていたかもしれない。

このような挨拶ができる者を、小野寺は他にはひとりだけしか知らぬ。

(これは、まるで……お奉行の土下座ではないか!)

この若侍、ただ者ではなかった。よく見れば手には剣術だこがあり、耳や髪にも防具の面で擦れた跡。

なにより動き。なにより姿勢。ただ一歩歩いただけで、ただ立っているだけで、武術を修めた者ならその強さが一目でわかる。動いても体の軸はわずかたりとも左右にぶれず、動かぬときは紙一枚分の幅すら動かぬまま。

達人ならではの動と静。研ぎ澄まされた業の持ち主のみが為し得る身のこなしであった。

（こやつ、何者であるのか……？）

口元には一瞬、晦日近くの月を思わす細い笑み。悪意をもって見るならば『お前の妹を奪ってやったぞ』と勝ち誇っているようでもあった。

そんな唇が、軽やかな声にて名乗りを上げる。

「拙者、吉良桔梗之介と申す者。——小普請組御家人、吉良麹治郎が子にございます。どうかお見知りおきくだされ」

「なにっ、吉良姓⁉」

奉行が『どげ傷 松之廊下』騒動を起こした翌日に、吉良の姓を名乗る若侍と出会うとは。

吉良の一門、やはり小野寺には仇であるのか。

三

（そうか。八重のやつめ、桔梗柄の着物を『おそろい』などと言っていたが……）

なにがおそろいなのか不思議であったが、桔梗之介の名と合わせていたのだ。

つまりは『吉良桔梗之介様に会うために、おめかしをして参りました』という意味であった。――小野寺は、己が妹がこれほどいじらしく、娘らしい一面を持つ女であるとは、ついぞ今日まで知らなかった。

その後のことはよく憶えていない。

気がつけば、そろそろ夕方。暮れ六つ（午後六時）。

自分の屋敷の前にいた。

妹のことでぼうっとしている間に、一日が過ぎていたらしい。これが茫然自失の『自失』という状態であろう。手もずっと剣の柄に触れていた。

まだ半ば朦朧としたまま、屋敷の玄関を「帰ったぞ」とくぐると……、

「兄上、お帰りなさいませ。――お話がございます。どうぞこちらへ」

八重は、先に帰ってきていた。

語調こそ静かであったが、兄と妹であるからわかる。

妹はひどく怒っていた。

　座敷にて兄妹向かい合って腰を下ろすや、八重は開口一番、

「兄上、八重は恥をかきました」

　と小野寺のことを責め立てた。

「なんだと？　恥とはなんだ」

「決まっておりましょう。桔梗様のことです。丁寧にご挨拶していただいたのに、兄上ときたら、あのような無礼をなさるとは」

「……そうであったかな？」

「『そうであったかな』とは、なんですか！　怖いお顔で睨(にら)みつけ、そのまま挨拶の途中であったというのに、ふらりとどこかへ行ってしまわれたではありませんか。兄上は、わたくしのお友達が気に食わぬというので？」

　茶屋の前でのことであろうが、小野寺はほとんど憶えておらぬ。ちょうど、そのあたりから自失であった。

　ただ『気に食わぬというので？』というのなら、気に食わぬに決まっている。妹と芝居見物に行く色男など、どうして好きになれようか。

　だいたい、桔梗様などと略して呼ぶとは親しげな。

「八重よ、私も言いたいことはある。なにゆえ兄に嘘(うそ)を吐(つ)いた？」

「はい？　嘘でございますか？」

「そうだ。女人講の稽古ごとで仲良くなった者と芝居に行くはずであったろう。――なのに、なにゆえ男と！　それも、あのように怪しげな男とふたりきりとは！」

女人講というのは言葉の通り女人だけの寄り合いである。女たちは家にいる窮屈さから逃れるため講に属し、花や茶などの稽古ごとや、着物や佩び物のまとめ買い、あるいはだらだら話といった気晴らしごとをするものであった。

そんな講での知己というから、女人であろうと安心していたというのに。

小野寺の怒りを前に、なぜか八重は最初あっけに取られていたが、やがていら、いらりと面相を険しくし、静かな声のまま兄以上の怒気を露わにした。

「兄上はいろいろ早とちりをしております。全部で四つ」

「なにが早とちりか！　……四つとはずいぶん多いな？」

「ええ四つ。まずは、ひとつめ。桔梗様はお茶の湯とお作法の師匠です。先月から講に教えに来てくださってますの。なので稽古ごとで知り合って仲良くなったというのは、少しも嘘ではございません」

「屁理屈を！」

「屁理屈ではございません。それとふたつめ。先ほど『怪しげな男とふたりきりで』

と申されましたが、ふたりきりではございません。わたくし、本当に兄上には呆れました」

「……？　どういうことか？」

「もう三人、連れが茶屋におりました！　女人講のお稽古仲間で、もちろん三人とも女です！」

「なに……っ？　あやつひとりではなかったのか？」

「違います。三人とも桔梗様のあとに挨拶しようと、すぐ後ろに立っておりました。なのに兄上が話の途中でどこかへ去ってしまわれたのです」

これには、さすがに早とちりを認めぬわけにはいくまい。まさか、すぐ近くに三人もいたとは。

襖の向こうから、ぷふっ、という笑い声。――夕餉の仕度をしているはずの幼いおすゞのものであった。心配で襖の隙間から覗いていたが、思わぬ話の流れに吹き出してしまったのであろう。ばつが悪くて、小野寺の顔は赤くなる。

「兄上、お気づきでなかったので？　それで十手を預かる廻り方同心が務まりますか？」

「い……いや、それは……」

「それから三つめ。桔梗様は怪しげなどではございません。あのお方、御高家吉良式部様のご親戚であらせられます」

「なにっ、ではやはり御高家様のご縁者か！」

「はい。はとこの孫にあたられるとか。お父上は小普請組の御家人で三十石二人扶持にてあらせられますが、代々お稽古ごとの家元で、我が家よりもうんと裕福。身元もずっとたしかです。――それと最後に四つめ、これこそが一番肝要な話でございますが……」

「いや待て、私の話も聞け」

小野寺は、妹の言葉を遮った。

吉良式部の名が出ては、黙って聞いているわけにはいかぬ。――本当は、妹に言い負かされる前に、なんとか話を逸らしたかっただけであったのだが、とにかく一言物申してやらねば。

「御高家吉良様の御縁者とあらば、まるっきり話は違ってくる。あの男とお前を仲良くさせるわけにはいかぬぞ」

「……どういうことです？　御高家様のご親戚だと、なぜ仲良くしてはいけないのですか？」

「詳しいことは言えぬが、吉良式部様とお奉行牧野駿河守様は今、反目する敵同士なのだ！　お奉行に仕える同心の妹が、敵の縁者と仲良くするなど、あってはならぬことであろうに！」

兄の言葉に妹は、

「……は？」

とだけ返事をした。たった一語であったが、たしかに『は？』としか言いようがあるまい。小野寺自身もそう思う。

町奉行と高家の争いごとなど雲の上の出来事で、一介の同心には関わりなきこと。そもそも奉行所の同心というのは町奉行の家来ではない。つい三か月前まで別の奉行のもとで働いていたではないか。

つまりは小野寺は、相手の男が気に食わず、奉行をだしにしていただけである。

――この妹は、そんな兄の不実をすぐに見抜いた。

「……兄上は、八重に男のお友達ができるのが、そんなにもお嫌でしたか？」

「い……いや、そういうわけでは……」

「では、なんなのです？　それと、兄上を安心させてしまうかもしれませぬが最後の四つめ。今度こそいちばん肝要な話をいたします。あの桔梗様は――」

八重が再び四つめの話をしようとした、ちょうどそのとき――、

「オウ、ただいまァ。しゅうとめのやつァ帰ってきてっか？」

玄関で、咲く良の声がした。――そういえば茶屋での騒ぎのあと『お前は上野で辰三と見廻りをせよ』と申しつけた憶えがある。夕刻なので見廻りを終えて帰ってきたということらしい。

（しかし、ずいぶんと大きな声を……）

屋敷どころか隣近所にまで響くような大声だ。しかも、そのままどたどたと屋内を駆け回る音まで聞こえてきた。あの蓮っ葉狸、もとからがさつ者ではあったが、いつにも増してやかましい。

（あやつにこそ、一言なにか申してやらねばな）

ちょうど妹に負かされたところだ。咲く良を叱っている間は話に一息つけよう。助かった。――小野寺が小賢しいことを考えていると襖が開き、

「あっ、しゅうとめ、ここにいやがったか！　呼んだら返事くらいしやがれ、この野郎！」

と、逆に叱られた。

「咲く良よ、小者が主に『この野郎』とはなんだ」

「いいから、さっさと出かけっぞ。——おッ、妹殿も帰ってたのか。昼間はてぇへんだったたな。わっちもしゅうとめを止めたんだが、こいつ、妹に男ができんのがどうしても許せねぇらしくてさ。マ、妹殿も兄貴に女ができるの許せねえンだから、おあいこか」

咲く良がからかうものだから八重は怒ってむっとした顔をする——、

「おい、出かける用ではなかったのか」

喧嘩になる前に小野寺が止めた。

彼としては妹を助けてやったつもりだったのに、当の八重は『咲く良に味方をした』と思ったようだ。じろりと兄を睨めつけていた。

「それで咲く良、いったいなに用なのだ？　どこへ行けと？」

「オウ、それよそれ。上野だよ。おめえの縄張りで辻のアレだ」

「莫迦者、早く言わぬか！」

辻のあれとは、辻斬りであろうか、それとも辻盗人であろうか。

いずれにしても事件であった。小野寺は大小と十手を腰に差し、屋敷の外へと飛び出した。

四

空は夕焼け。西へと真っ赤な日が沈む。

長い影を引きずりながら、小野寺と咲く良は道を急いだ。

「急ぎな。辰三どんや番屋のやつらが待ってッぞ」

「わかっておる」

この蓮っ葉狸、女のくせに足が速い。下手な飛脚(ひきゃく)にも負けぬのではあるまいか。

おそらくは、この健脚を買われて八丁堀まで使いに寄越(よこ)されたのであろう。大小の重さもあって油断すると小野寺が置き去りにされかねぬ。

「それで咲く良よ。結局、なにが起きたのだ？」

「あン？　だから言ったろ。辻の……辻のアレだよ」

「だから、あれとは？　辻のなんだ？」

辻のあれとはいうから辻斬りか辻盗人であるのだろう。だが、そのどちらであったのか？

「相手は斬られて死んだのか？」

「いや、死ンじゃいねえよ。斬られてもねえ。物騒なこと言うンじゃねえっての」

「辻斬りではないということか……。では、金品を奪われたのか？」

「そうだな……そうなンのかな？　奪われたが銭じゃねえ。品……ともチョイ違ぇの
かな？　けど、とにかく値の張るモンを取られた」

「銭でも品でもない？　よくわからぬが、つまり物盗りではあるのだな？　では辻盗
人というわけか」

「辻盗人……になンのかね？　それも、なんか違ぇような……」

「どういうことだ？」

咲く良め、妙なことを言う。往来で値の張るものを奪ったのなら、それは辻盗人で
あるだろうに。なにがどう違うというのか。

「いいから番屋に来やがれ。話を聞きゃあ全部わからァ」

やがて上野の町へと入り、御池近くの番屋へと辿り着く。

「旦那、お早いお着きで」

そう言って迎え出たのは辰三であった。このつるつる猪、同心の小野寺がいない間、
番太たちを仕切ってくれていたらしい。

番屋の奥には、見覚えのある町人娘三人が座っていた。

（はて？　この者たち、どこかで見たような）

三人とも陰鬱な顔にてうつむいていたが、小野寺といっしょに咲く良が来たと気がつくや、

――きゃあっ、きゃあっ！


と、黄色い声を上げ始める。

そうだ、思い出した。この三人、咲く良の贔屓筋の娘たちだ。昨日、御池まわりの見廻り中、手を振られてきゃあきゃあ騒いでいた者たちであった。

「――咲く良姐（ねえ）さん、お帰りなさい」

「――姐さんがいない間、むさくるしい男ばかりに囲まれて心細かったんですよ」

「――でも、あたくしたちのために姐さんがわざわざ走ってくれたのは感激です」

蓮っ葉狸め、贔屓筋たちから『姐さん』などと呼ばれているのか。――そんなことを思っていると、やや照れ臭そうにした咲く良から、

「しゅうとめ、こいつらが辻のアレに襲われたンだよ」

と教えられた。

「なんと、この者たちであったか」

一見、怪我など無いようだったが若い娘だ。金品以外のものに手を付けられているとも考えられる。

（もしや、それで蓮っ葉狸めは『辻のアレ』などと言葉を濁していたのか？）

咲く良が、そこまで気の回る女であるとは思えぬが……。

「オウ、お玉（たま）よ。わっちの主〝しゅうとめ重吾〟になにがあったか話してやっちゃくれねえかい？」

咲く良に促され、三人並んだ町人娘のうち真ん中のひとりが口を開く。

このお玉、歳は二十歳そこいらくらいか。日本橋（にほんばし）にある商家の娘であるという。三人のうち一番身なりがよく、一番大人しそうな娘であった。

「奪われたのはあたくしです……。といっても金子（きんす）や物ではございません」

「うむ。なにがあった」

「あれは夕七つ半（午後五時）ごろのこと。まだまだお空は明るかったですが、暗くなる前に帰ろうと三人で通りを歩いておりました。そして歩いているうちに、やや人通りの少ない寂しいあたりに差しかかったときのこと……」

言葉の途中で、お玉はぶるりと身を震わせる。起こったことを思い出し、怯えてしまっていたのであろう。気の毒に。

もし八重やおすゞ、咲く良といった自分と親しい者が同様の目に遭ったなら……。それを思うと、小野寺の肩も怒りで震えた。

やがてお玉は、かぼそく声を絞り出す。

「声をかけられたのです。うしろから『娘御、足を停めよ』と。振り返ると、もう夏も近いというのに頭巾で顔を隠したお侍がふたり。きっと、あたくしたち三人の後をつけ、人の少ない道に差しかかるのを待っていたのでしょう。――お侍ふたりは、あたくしたちの腕を摑むや裏の路地へと引っ張り込み、そして、なんと……無理やりされたのです」

「された、とは……？　なにを無理やりされた？　つらいであろうが申すのだ」

悲しさであるのか。悔しさであるのか。

娘はひとたび押し黙って歯を食いしばったのち、涙と共に声を発した。

「……どげざ、です」

「……？　なんと申した？　よく聞こえなかったのだが……」

聞き間違いか？　今、どげざ、と言っていたような。

「ですから土下座です！　土下座をされたのです！　浪人風の男たちに裏路地へと引っ張り込まれ、そして無理やり……土下座をされました！　いわば、辻どげに遭ったのです！」

辻どげ！

初めて聞く言葉であった。道ばたで人を斬る『辻斬り』でもなければ、道ばたで金品を奪う『辻盗人』でもなく、まさか道ばたで土下座をする『辻どげ』とは。

「土下座をされた、というのだな？　自分がさせられたのでなく」

「はい。向こうが土下座をしたのです。辻どげの辻どげ魔です」

横で聞いていた咲く良が、ぽんと自(みずか)らの膝を打つ。

「あァ。それだ、しゅうとめ。辻どげだ。その呼び方が一番しっくりくらァ。わっちが『辻のアレ』と呼んでたやつ、つまりは辻どげ魔ってぇこった」

「なにが『つまりは』だ」

だが、またもや土下座だ。——牧野駿河守が北町奉行になって以来、どうにも土下座が身近になってしまった。当人が〝どげざ奉行〟というだけでなく、このままでは八百八町(はっぴゃくやちょう)が〝どげざ大江戸〟となりかねぬ。

「しかし、お玉よ。辻どげに遭って、なにゆえ泣くのだ？　自分が土下座したのでないのだろう？　土下座でなにが奪われたというのか」

「はい、話せば長くなりますが……」

「構わぬ。話せ。最初から丁寧にだ」

「では、失礼ながら最初から。――あたくしたち三人は、朝から不忍の御池におりました。というのも、御池にいれば、また〝げんこつ咲く良〟姐さんにお目にかかれると思ったからです。十手持ちとしての凜々しいお姿も見たかったですし、また、新人だからと口うるさい同心様にいじめられないか心配で」

「そのようなことはせぬ」

当の同心を前にして嫌なことを言う娘だ。咲く良の贔屓筋であるから小野寺のことを本当は嫌っていたのかもしれぬ。

「ですが咲く良姐さんが見廻りに来るのは日に二、三度。しかも今日は、午前の間は一度も来てくれませんでした」

ちなみに午前に咲く良が現れなかったのは、小野寺と共に八重を尾行していたためである。

「それで待っている間、暇つぶしに蓮の花でも探そうと三人で池を見ておりました。いちばん蓮というのですか？　あたくしたち上野は初めてでしたので、よくは知りませんでしたが……でも、まだ池には花が無く、どこを見ても葉っぱだけ。たまに、つぼみがあるくらい」

仕方あるまい。当然だ。皆の探すいちばん蓮は、その年一番初めに咲いた蓮の花。

――すなわち、他には一輪も咲いていないという意味でもある。

駄洒落（だじゃれ）のようだ。蓮っ葉娘を待つ間、本物の蓮の葉を見て過ごすとは。

そもそも本気でいちばん蓮を見つけようというなら、朝に探した方がよい。蓮というのは大抵、日が高くなる前に咲くものなのだ。つまりは皆、本当は蓮の花など探しておらぬということだった。ただの宴の口実にすぎぬ。

「あたくしは退屈をして思わず、その……はしたないことに欠伸をしたくなってしまったのです。もし、こんなときちょうど咲く良姐さんが見廻りに来て大きな口を開けたところを見られでもしたら、あたくし生きてはおれません」

「それはまた、ずいぶんと品の良いことだな」

当の咲く良姐さんは、人前でも平気で欠伸やくしゃみをするというのに。

この蓮っ葉女の口の中など、小野寺はこれまで何度も目にしていた。

「なので、ひとりで池の縁（ふち）のあんまり人のいない茂みへ行き、隠れて欠伸をしていたのですが……茂みの陰だというのに、大きなつぼみがあったのです。そして、ふああ、と口を開けたまま見ていると、なんと——」

「なんと、なんだ？」

「目の前で、ぱかん、とつぼみが開き、蓮の花が咲いたのです！　まるで、ばね仕掛けの玩具(おもちゃ)のように。おまけに、ちょうどそのとき七つ（午後四時）の鐘がごーんと鳴って。——あたくし、なんだか愉快でして。池のまわりを歩きながら、連れのふたりを相手にこの話をいたしました」

「ほう、なんと！」

たしかに蓮の花というのは、ぱかん、とばね仕掛けのように咲く。

つまりお玉が目にしたのは、いちばん蓮。しかも咲く瞬間であったのだ。

「その後、あたくしたちは暗くなる前に帰ることにしました。そして帰り道、辻どげ魔ふたりに襲われたのです」

「そこで先ほどの話につながるわけか。——それでお玉よ、お主は結局なにを奪われたのだ？」

「はい、辻どげ魔たちが言うには『武士がこうして土下座をしてまで頼むのだ。蓮が咲くのを見たということそのものを譲ってほしい。見たのは拙者たちということにしてくれ』と、むりやり……」

出来事そのものを奪う、いわば出来事泥棒というわけだ。

咲いた蓮を見つけた場所も、言われるままに教えてしまったという。――無論、これは土下座で頼まれたからというよりも、逆らったらなにをされるかわからぬ怖ろしさのためであったろう。なにせ相手は二本差しだ。

（なにからなにまで面妖な話よ……）

辻どげ魔である上に出来事泥棒でもあったとは。初めての言葉ばかりで、申し送りにどう書けばいいやら。

とはいえ小野寺も上野を縄張りにして長い。奪った理由はすぐにわかった。

「賊の目当ては、いちばん蓮の祝儀か」

その年最初の蓮を見つけた者は、芸者連れの大尽から結構な額の金子を貰うことができる。辻どげ魔どもは、その祝儀が欲しくて土下座をしたに違いあるまい。

「祝儀の値は、十両が相場と聞いているぞ」

「はい……。辻どげ魔のふたりは憎々しいことに、去り際にわざわざ、それを教えていったのです。あたくし、十両と聞いて悔しくて！」

なるほど、目に湛えていたのは悔し涙であったのか。

ぎりぎりと歯噛みしながらお玉は続けた。

「お願いでございます。どうか、しゅうとめ様のお力で辻どげ魔ふたりをお縄にし、あたくしの十両を取り戻してくださいませ」

五

いちばん蓮の祝儀というのは、ほんの七年前からの風習である。

祝儀というが実際には買い取り金だ。――その年、さる大尽が芸者を妾にしようとしたところ『もし、あなたが今年最初の蓮を見つけたら望む通りにいたしましょう』と遠回しに断られてしまった。最初の蓮などそうそう見つけられるものではない。大勢が連日探しているのだから。

だが大尽はむきになってさんざん探し回った挙句、実際にいちばん蓮を見つけた貧しい大工に『私が見つけたということにしてくれないか』と、金子でその『出来事』を買ったという。

これが寄席や瓦版などで面白おかしく語られたため、翌年から、蓮を見つけた者に大金を渡して自分が見つけたことにするのが大尽衆の粋な遊びとなったのだ。

くだらぬことだと小野寺は思う。金子を払ってこそいるが、やっていることは辻どげ魔どもとそう変わらない。形なき出来事の横取りだ。

出来事泥棒……お玉の十両分の出来事を奪うというのは、果たしていかな罪となる？　お玉は本当に十両損をしたのか？　なにが十両するというのか？

そもそも土下座でなにかを奪うのは、どれほどの罪になるのであろうか？

（どうにも面倒な事件であるな……）

話を聞いているうちに表はすっかり暗くなっていた。番太たちに命じて町人娘三人をそれぞれ家へと送らせる。

小野寺と咲く良、それと辰三の三人は、夜道を不忍池へと向かった。

「行くぞ。まだ宴は続いていよう」

日は落ちているが、蓮探しの宴会が終わる刻にはまだ早い。

辻どげ魔どもは、どこかの大尽に『蓮を見つけた』という出来事を売ったはずだ。さすがに当人ふたりは逃げていようが、人相くらいはわかるであろう。

三人が夜道を急いでいると——、

「おいっ、しゅうとめ。あれを見ねぇ！」

いきなり咲く良が、小野寺の袖を掴んだ。

「急に引っ張るな。危ないではないか」

「いいから、あれを見ろっての。ほれ、道のあっち側。昼間のあいつがいやがンぜ」

指さす方に目を向けると、なるほど、そこにいたのは見覚えのある若侍。

にっくき昼間の色男、あの吉良桔梗之介めが歩いていたのだ。

夜の上野を、星の灯りに照らされながら。

（――あやつ、なにゆえここに？）

向こうも小野寺たちに気づいたらしく、長い総髪を揺らしながらこちらに向かってやってきた。

「おや、これは八重殿の兄君殿。このような刻に御役目でございますか」

昼と同じく吉良桔梗之介は、ぺこり、と見事なまでの会釈。――剣ならば三度は打ち込まれていたはずだ。

小野寺は崩れそうな膝に力を込め、倒れぬよう必死に堪（こら）える。

「これは吉良殿、昼間は御無礼を……。そちらこそ、もう宵過ぎというのに、いかなご用であられますかな？」

「なに、連れ（いい）が蓮探しをしながら一杯やりたいと申しまして」

桔梗之介には、連れがいた。

祖父であるのか、年の離れた父であるのか。白髪頭の老人で、なのに、やたら背筋がしゃきりと伸びている。この立ち姿、剣を嗜む者に違いあるまい。

老人は無言のまま、すうっ、とほんの小さく頭を下げた。

ただの辞儀。ただの会釈。でありながら小野寺は……、

（――ッ⁉　いかん、斬られた！）

一、い、い、い、
一礼のもとに首を刎ねられ、命を落として地に伏した。――いや、本当は死んでなどおらず、自分は今もその場に立ち尽くしたままであったのだが、たしかに『斬られた』と感じたのだ。

（この辞儀、お奉行の『ど』の字にも匹敵する……‼　もしや、この老人――）

桔梗之介と老人という、ふたり組の辞儀の名人。

そして辻どげ魔も、ふたり組。

無関係などということが、あり得ようか……？

幕間の弐

吉良桔梗之介と老人は「さすれば御免」とその場を去った。――蓮探しであらば小野寺らと同じ方向であるはずなのに、なぜか行き先は反対側。

ふたりは作法の名人ならではの『体の軸が左右に一切ぶれぬ歩法』にて一町ほど離れたのち――、

「あの同心、何者か？」

老人が、桔梗之介に訊ねた。

「剣の腕は立つようだの。立ち方でわかる。――だが、お主にひどく殺気を向けておったぞ。なにゆえか？」

美貌の若侍は、髪を揺らしてころころ笑う。

「あれが巷間で知られた同心剣豪〝しゅうとめ重吾〟。拙者の朋輩の兄にございます。あの殺気は……ははは、自分の妹に男ができたと勘違いをし、拙者を恨んでおるのですよ」

その答えに老人も、ぴくり、と唇の端を吊り上げる。

「ふふ。腕は立っても目は節穴というわけじゃな。我ら一門で最も愛らしきこの桔梗めを、着物だけで男と思い込むとは」

ふたりは唇に笑みを浮かべつつ、かぼそき星灯りの下を歩き続けた。

参「辻どげ紅蓮花（前編）」

一

小野寺たち三人は、大尽衆の宴席をあちこち訪ねては『いちばん蓮を見つけた者が来なかったか』と聞いて回った。

辻どげ魔のふたりは、どこかの大尽に『出来事』を売りに来るはずだ。それも大急ぎで。——一刻も早く売りつけなければ、他所で別の蓮が咲きかねぬ。

だが……、

「イエ、こちらには来ちゃおりません」

不思議なことに、どこにもそれらしい者は来ていないという。

たしかに御池のまわりは、昨夜や一昨夜と同じ程度にしか盛り上がっておらぬ。もし、いちばん蓮が見つかっていたならば、もっと大騒ぎになっていたはずだ。

なにせ花が咲いた以上は、今夜で蓮探しの宴は最後となる。客たちは一輪のみの蓮を囲んで唄い踊り、居並ぶ屋台も『これで今年の繁盛も終わりか』とやけっぱちの大安売りをするものであった。

（なぜ、売らぬ？　土下座してまで奪った出来事であろうに）

祝儀の十両が欲しくないというのか？

それと小野寺たちにとっては、また別に難儀な点があった。宴席を訪ねるたびに一同は、

「おやおや、これは！　しゅうとめの旦那とげんこつの親分さんではございませんか。さぁさ、どうぞ一杯。——おおい皆、しゅうとめの旦那とげんこつの親分さんのおでだぞ！」

と酒を勧められるのだ。

冗談ではない。太鼓持ちではあるまいし、宴を盛り上げるための見世物にされてたまるか。——小野寺はしゅうとめらしく怒鳴りつけてやりたかったが、今は辻どげ魔

どもを追うのが大事。多少は愛想よくせねば酔っ払い相手の聞き込みはできぬ。

中には、こちらが怒れぬのを知ってか知らずか「一杯飲んだら答えてさしあげますよ」などと言ってくる者までもいた。

「仕方あるまい……。咲く良、飲んでやれ」

「おッ、いいのかい？」

「よくはないが、どうやら飲まねば話にならぬ。さすがに私が飲むわけにはいかぬしな」

こんな調子で御池を一周するころには、咲く良はすっかり出来上がり、足元がふらふらになっていた。

「この調子では、咲く良めの体が持たんぞ。歩きながら飲んだから酒の回りも早いらしい。――辰三よ、今宵は一旦帰るとしよう」

「へえ、それがよろしいでやしょう」

小野寺と辰三は、咲く良の肩を両側からささえながら八丁堀まで歩くことにした。

（まったく。小者が主にさせることではなかろうに……。まあ、よい。こやつが飲まねば私や辰三が酔わされていたのだ）

十分役に立ったといえる。助かった。

この酔いどれ狸、男を殴り倒すげんこつ女であるくせに、肩は意外に華奢である。

屋敷に着いたのは半刻後。

もう夜も更けていたが、妹の八重はまだ機嫌を損ねていた。

二

さて翌朝。

朝餉は、やたらと豪華であった。

咲く良が昨晩、宴席を回るついでに、あちこちで料理を土産に分けてもらっていたのだ。さすがは狸。ちゃっかりしている。

蒲鉾に玉子焼き、魚や鶏肉の焼き物、蛤の煮物と、大尽衆が名の知れた料理屋に作らせた宴会弁当が一切れずつずらりと並ぶ。

「さァ、わっちに感謝して食いねぇ。ざっと見たとこ、羽黒屋ンとこの料理がいちばん銭がかかってやがンな。あそこは酒も上等なのを振る舞ってた」

羽黒屋は上野の魚問屋であり、あの近辺の料理屋、飲み屋、屋台といった店々を仕切る顔役でもある。――宴会の料理で手を抜けば店の沽券にかかわろう。焼き魚は切り身ながらも鯛であったし、蒲鉾もやたら味がよい。

「うむ。たしかに、これは咲く良に感謝せねばな」

「オイオイ、しゅうとめ。おめえは食ってるだけじゃ駄目だぜ」

「む？　どういうことか」

「〝辻どげ〟のやつらも料理がいちばん豪勢なとこを探したはずさ。いちばん気前のいいお大尽に、蓮を売りてぇだろうからよ」

「……なるほど」

食えない蓮っ葉狸だ。ただ酔っぱらっていたのではなく、探りを入れていたわけか。小野寺は、この新米小者を見直した。

「やるな、咲く良よ」

「だろォ？　へヘッ」

咲く良を褒めつつ、ふと八重へと目を向ける。

この妹、これほどの料理を前にしているというのに、ずっと顔をむすりとさせていた。昨日の夕刻からこの調子。口もろくに利いてくれない。豪華な料理を並べても機嫌を直してはくれぬようだ。

（この分では吉良桔梗之介のこと、触れぬ方がよいであろうな……。本当はあやつについて、いろいろ訊ねたかったのだが）

小野寺はあの色男が辻どげ魔の正体かもと疑っていた。――しかし八重がそれを聞いたら『わたくしと仲が良いというだけで罪人の疑いをかけるのですか』と、ますます怒るに違いない。

そもそも、よくよく落ち着いて考えてみると、吉良桔梗之介が辻どげ魔のはずがないようにも思えてきた。

（あの男はいけすかないが、御高家様の親戚がたった十両のために罪を犯すとは思えぬ……。まして連れの御老人、あの辞儀、あの剣気、おそらくは――）

その後、小野寺と咲く良、辰三の三人は朝餉を終え、身仕度を済まして屋敷を出る。

玄関では、幼いおすゞだけが「いってらっしゃいませ」と見送りをしてくれた。

小野寺は、咲く良と辰三だけを先に見廻りへ行かせ、自分はひとり奉行所に向かう。辻どげ魔の件を朝一番で報せねばならぬ。

詰め部屋にいた同心は、全十二名のうち彼自身も含めて七名。――五月も残りたった二日ということで、机仕事のために普段よりも集まりがよい。

さらには与力の梶谷もいたので部屋の中には計八人。

「各々がた、お報せしたきことが。昨夜、上野にて妙なことが……」

語り終えると、他の同心一同は――、

「――辻どげ魔？　初めて聞いたぞ。おまけに出来事泥棒とは、これまた初耳」

「――この件、どう扱うべきなのだ？　いや、悪事には違いあるまいが……」

「――ウム。そやつらをお縄にしたとして、それから、どうする？　いかなる罪に問えるのだ？」

と昨夜の小野寺と同じく首をかしげるのみであった。やはり辻どげ魔も出来事泥棒も、他の同心一同、聞いたことがないらしい。

ちなみに吉良桔梗之介のことは黙っておいた。今はまだ根拠に乏しい疑いに過ぎず、余計な話をしても皆の混乱を深めるだけであろう。

廻り方同心序列一位の百木はやはり首をかしげつつ、いつものぎょろりとした目で与力の梶谷に問う。

「梶谷様、法に照らせばいかなる罪になりましょう？」

「む……？　それはだな、うむむ……」

この『うむむ』は『私に聞くんじゃない』の意味であろう。法に詳しい与力の梶谷が『うむむ』とは。やはり例のないことであるらしい。

「うむむ、辻どげ魔の出来事泥棒であるか……。よし、わかった。この一件、他の与力たちとも審議し、どう扱うか決めておく。――それと皆の者、この件、しばらくお奉行の耳には入れぬように」

「なぜでございましょう？」

「わからぬか百木？　土下座だからよ。――なにせお奉行は〝どげざ奉行〟であられるからな。土下座がらみの罪には手心をお加えなさるかもしれぬ」

横で聞いていた小野寺は、梶谷の物言いが不快であった。

牧野駿河守は公正な人物だ。自分が土下座好きだからといって他者の罪に甘くなったりなどはせぬ。

「梶谷様、ただ今のお言葉はさすがに――」

与力相手に一言しゅうとめしてやろうとした、まさにそのとき。

「お主たち、なにかあったのか？」

当の奉行牧野駿河が表の廊下を通りがかり、詰め部屋を覗き込んできた。

梶谷はちょうどよいとばかりに奉行に訊ねる。

「お奉行、伺いたきことが」

「おや、なんであるか？」

聞き返した奉行の両手両膝は、すでに床についていた。

土下座である。一昨日と同じく〝雷光土下座〟――否、さらに早く速く下げていた。

梶谷の視線が向く先は、奉行が立っているときの顔の高さのままであった。あまりに頭を素早く下げられ、目がついていけなかったのであろう。もしかするとこの与力の目には、まだ高い位置の頭が映っていたのかもしれぬ。

名づけるならば〝残像土下座〟。

あまりの速さに、相手は土下座に気がつかぬ。一拍置いて、奉行の頭がそこにないと気づいた梶谷は、言葉に詰まり無言となった。

「おっと、すまぬな梶谷。ただの『素どげ』よ。気にせず続けよ。なにか知りたきことがあったのであろう？」

素振りの土下座、すなわち『素どげ』。

小野寺が毎朝、素振りで木刀を振るうのと同じく、単なる鍛錬であるという。

だが奉行にそのような朝の習慣があるなど、これまで聞いたことがなかった。今朝から始めたものであろうか。だとすれば、再び高家の吉良式部と土下座勝負になってもいいよう備えていたということであろう。

ともあれ、梶谷はたじろぎながらも質問を続けた。

「は……はい、ではお言葉に甘えまして……。これは、たとえばの話でございますが――相手の望まぬ土下座というのは、罪になるものでございましょうか？」

無論、辻どげのことである。

他者に土下座をし、それによって物を奪うことは罪となるのか？　梶谷はそれとなく訊ねようとしていたのだ。

だが、この問いに奉行は、先日の高家吉良式部とのやり取りを想起させられたのであろう。両の眉を吊り上げるや、

「土下座が罪であると？　そのようなはずがあるまい！」

と珍しく、やや強めの語気にて返事した。

怒鳴られた梶谷は『ほら、やはり』と言わんばかりの顔をする。――なるほど、これには小野寺も納得。しばらくは辻どげ魔の一件、隠した方がいいかもしれぬ。

三

やがて同心たちは各々縄張りの見廻りに向かうべく、詰め部屋を後にする。

ただし申し送りの書き付けを作るべく、そのまま詰め部屋に残る者も少なくなかった。——もう明日は晦日。明後日からは南町に月番が替わる。

辻どげ魔の出たのが上野でなくば、本当は小野寺も机仕事をしたいところだ。

(やつらめ、意地が悪い。もっと早く事件を起こしてくれれば憂いなく追うことができたというのに)

とはいえ、あまり前だと〝蝦蟇ちどり〟の探索で忙しい時期だったかもしれぬから、そこは良し悪しというやつか。

草履を履き、他の同心たちと共に奉行所を出ようとしたところ……。

「……小野寺様、よろしゅうございますか」

不意に声をかけられる。

ふり向くと、そこにあったのは庭掃除をする老婆の姿であった。

「菊か。どうした？」

「少々、お話が」

この老女は、夜目鴉の菊。

当たり前のように女中姿で奉行所に出入りしていたが、実は盗賊のもと女頭領だ。

小野寺はなぜかこの老女賊に気に入られており、これまでに何度も助力を受けていた。

先日、序列が上がったのも彼女の力添えあってのことである。

菊は静かにこちらへと近づいてくるや、きょろきょろと辺りを見渡したのち、縦皺の入った唇を耳元へと近づけ――、

「小野寺様にお手柄を差し上げましょう。来てくださいませ」

と、うんと声を潜めて囁いた。

どうやら、また助けてくれるらしい。ふたりは裏門に回って、他の同心に気づかれぬよう奉行所を出た。

「菊よ、なぜこのように隠れて出るのだ？」

「決まっております。他の同心様たちでなく、小野寺様にお手柄を立ててほしいからでございます。あたくしが贔屓にしているのは、あなた様とお奉行様だけですので」

「うむ、そうか……」

ありがたいが正しいことではない。――堅物の〝しゅうとめ重吾〟としては受け入れがたきことであったが、とはいえ余計なことを口にして菊の気分を変えさせたくもなかった。

「それと理由はもうひとつございます。今から行く先は裏の聞屋。本当は町方に教えてはなりませんので」

「ああ。じもくのところへ行くのか」

聞屋というのは、瓦版屋のために町の噂話を集める商売のことである。――そこから転じて、盗人ややくざ者といった裏の稼業人のために噂を売り買いする者たちを指す。

今から行く〝じもく堂〟は、江戸で一番の裏聞屋だ。八百八町の噂すべてが集まるという、ひそひそ話の吹き溜まりであった。

「本当は、小野寺様をお連れするのも裏の世の掟に反することでございます。いつぞやのように、あたくしに黙っておひとりで行かれませぬように」

「うむ。わかっている……。あのときは悪かった」

小野寺は以前、菊の許しを得ぬまま〝じもく堂〟を訪ねたことがある。この老女が風邪で寝込んでいたためであったが、こちらにも『何度か顔を合わせていたのだし、ひとりで行っても平気であろう』という心の緩みがたしかにあったかもしれぬ。

――ともあれ、ふたりは外神田にある安長屋の一室を訪ねた。

「じもくや、いるかい？」

ここが件の〝じもく堂〟。菊が障子戸を開けると、中は相変わらず散らかり放題、書き損じの紙屑だらけ。

そんな汚い部屋の真ん中で、若い女がだらしのない恰好で文机に向かって書きものをしていた。髪はぼさぼさ。五月も下旬というのに綿入れの半纏を羽織り、顔は跳ねた墨で白黒のぶち猫のよう。

この女が、じもくである。よく見れば肌は白く、目鼻立ちも整っており、きちんとした恰好さえすればそれなりの女っぷりであったろう。

「あら夜目鴉……。げっ、小野寺様も」

「面と向かって『げっ』だなんて、あたしの惚れたお方に礼儀知らずをするもんじゃないよ。――それより小野寺の旦那が自力で辻斬り土下座に気づいたよ。取り決めの約束通り、ぜんぶお教えしちゃくれないかい」

菊の言葉、いろいろと聞き捨てならぬ。

『あたしの惚れたお方』はさて置き、つまりはじもくも夜目鴉の菊も、辻どげ魔のことを前から知っていたというのか？　これまで町奉行所の同心衆がだれも知らなかったというのに？　しかも『取り決めの約束通り』とは、いかなる意味か？

「じもくよ、辻斬り土下座とは辻どげ魔のことか⁉　なぜ、辻どげ魔のことを知っておる！」

小野寺が身を乗り出すと、じもくは「ひぃぃ」と散らかった床を這いずりながら後ずさる。

「ひぃぃっ、申し訳ござァせん！　こちらにも都合がございまして……。でも辻どげ魔という呼び方はよござぃますね。あたくしも今後はそう呼ぶことにいたします。どうせ辻斬り土下座はあたくしが適当につけた名前なので」

「好きにしろ。だが、知っていることは、ひとつ残らず話してもらうぞ」

「は……はい、それはもう。夜目鴉との約束ですから……」

小野寺としてはその『約束』とやらも気になったが、それは後回しにすることにした。まずは邪魔せず、好きに喋らせてみるとしよう。

「辻斬り土下座……いえ辻どげ魔が現れたのは、今から十日ほど前のことでござァます。奉行所の皆様にとっては〝蝦蟇ちどり〟の件を片づけて一息吐いたくらいでしょうか。場所は、上野と浅草の真ん中の、チョイと上野に寄ったあたりで」

この綿入れ半纏女、いつもは弱気でしどろもどろと喋るくせに、噂の話となると途端に流暢（りゅうちょう）な早口となる。

しかし場所が上野とは。またも小野寺の縄張り内であった。

「噂を売りに来たのは、仮に大工のトメという名にいたしましょう。――夜四つ（午後十時）のことでござァます。トメは酒を飲みに出かけた帰り道、肴（さかな）が傷んでいたのか腹が痛くなり、道ばたの茂みで野糞（のぐそ）をしておりました」

「汚い始まり方をする噂なのだな」

小野寺の傍らでは、菊が『野糞』と聞き、頬を赤くしながら恥じらっていた。いつものことながらこの老女賊、品のない言葉に弱すぎる。

「しゃがんで糞をひっていると目の前の道を、立派な身なりのお武家様たちが通ります。その数、五人。夜であるのに小綺麗な恰好であるのを見るに、女郎屋にでも遊びに行くところであったのかもしれません。――茂みの中で踏ん張りながら見ていると、やがてお武家様たちの後ろから、怪しい男ふたりが音もなく駆け寄ってきたのです」

「どんな男たちであったのだ？　どう怪しい？」

「そのふたり、どちらも侍であるらしく腰には刀を差しておりました。着物の色はそれぞれ柿渋と鉄紺。――怪しいというのは、能のお面で顔を隠していたからでござァます」

「能面？　頭巾でなくか？」

「ええ。翁と般若であったとか」

なるほど、たしかに怪しい。なにやら怪談めいてきた。

それと能面ほどではないが着物の色も気にかかる。柿渋と鉄紺も夜闇の中では目立たぬ色だ。手慣れた盗賊どもが好んで使う。

つまりはその男たち、そこらの素人ではないらしい。

「能面ふたりはお武家様たち五人の真正面へと回り込むと、いきなり……」

異様ないでたちでの闇討ちかつ不意討ちだ。普通であらば『いきなり』のあとは『襲ってきた』あるいは『斬りかかってきた』と続くであろう。

だが、この場合はおそらく――、

「土下座したのでござァます」

やはり土下座か。いや、辻どげ魔の話であるのだから、したのは土下座で当たり前かもしれぬが。

「ふたりそろって土下座をしたのか？」

「いえ、能面のふたりのうち土下座をしたのは翁面の方、ひとりだけ。もう片方の般若面は、後ろでただ突っ立っておりました。ですが、その土下座の方の翁面——いわば〝どげざ翁〟のした土下座の見事なこと！　頭を下げているのに少しも謝っているようには見えず、むしろお武家様五人を相手に追い詰めているようであったのです」

もし牧野駿河守と出会う前であったなら『そのような土下座があるものか』と信じていなかったかもしれぬ。——だが今は違う。小野寺は、武士五人を追い詰める土下座がこの世にあると知っていた。

（しかし〝どげざ翁〟とは……）

かつて小野寺はお忍び中のお奉行に〝土下座頭巾〟と名付けたが、その名を彷彿(ほうふつ)とさせられた。

「やがて立派な身なりのお武家五人は、〝どげざ翁〟の土下座に耐えられなくなったのでござァましょう。とうとう刀を抜いたのです」

「なんと、抜いたか」

「ええ、五人とも。もしかすると〝どげざ翁〟の狙いは、お武家たちを追い詰めて、刀を抜かせることであったのかもしれません。——すると、後ろに立っていた相棒の般若面も刀を抜き、ついには斬り合いとなりました。こちらは〝かたな般若〟とでも呼びましょうか」

土下座したのが〝どげざ翁〟であるから、刀を抜いたのは〝かたな般若〟というわけか。

「で、こちらの〝かたな般若〟の強いこと強いこと！　あっという間に全員を叩きのめしてしまったのです。五人ともですよ、五人とも」

「斬ったのでなく叩きのめしたと？」

「はい。峰打ちでござァましょう。お武家様たちは死んではおらず、ただ痛がっているだけのようでしたので。――どげざとかたな、能面ふたりは倒した五人のうち一番立派なお武家の懐を探ります。そして証文らしき紙を奪うと、そのままいずこかへと去っていきました。以上、辻どげ魔騒動の顚末でござァます」

「なるほど……」

じもくめ、講談ではあるまいし、なにが『顚末でござァます』だ。

ちなみに武士たち五人と能面ふたりは、斬り合う前になにやら言葉を交わしていたという。だが野糞の大工はあまりのことに震え上がり、ろくに会話の中身を憶えてないのだとか。

（能面の男ふたり組、お玉を襲ったのと同じ者たちであろうか？　土下座で金品を奪

うふたりなど、世に何組もいるとは思えぬが）

　険しい面持ちにて小野寺が考えを巡らせていると——。

「——と、これが一番派手で詳しい噂。ほかにも似たような事件が、江戸のあちこちで何件も起きているそうでござァます」

「なんだと？　まだあるというのか？」

「はい。といっても、そちらは詳しく存じません。噂の噂で、ただの又聞き。いずれも狙われたのはお武家様だそうですが、あたくしが扱うのは町人や渡世人の噂がもっぱらですので。お武家様がたのお噂はあんまり仕入れちゃおりません」

「そうであったか？」

　この聞屋、前は千代田のお城の事情にも通じていたような。

「……まあ、よい。しかし面妖な。それほど何度も辻どげが起きているというのに、なぜ私の耳に入ってこない？　襲われた侍たちは、だれも番屋に届けなかったというのか？」

　形式上、武士の揉めごとは目付衆の受け持ちであるが、下手人を追うには番屋や町奉行所の助力が不可欠。廻り方の同心になんの報せもないなどあり得なかった。

「あの……それについては、その、ちゃんと理由がござァます……」

じもくは、先ほどまでの流暢さはどこへやら、急におずおずと遠慮がちな語り口になる。

「言ってみよ。どうして、だれも番屋に届けぬ？」

「はい、それは……なにせ〝どげざ奉行〟サマの北町奉行所でござァますので。皆、土下座の悪事をまともに取り合ってくれないかもと疑ってるんで。——言ってみれば辻どげ魔どもは、お奉行サマの土下座仲間でありましょうから」

そうきたか。つまり北町奉行所が月番である間は届け出ても無駄であるから、それで黙っていると言っていたのだ。

けしからんが、つい先ほど奉行所でも似たようなやり取りをしたばかり。無理のない話であるかもしれぬ。

「しかし、お奉行を賊と土下座仲間呼ばわりとは、あんまりではないか？」

「いえ、それどころか〝どげざ翁〟は、お奉行サマ本人と疑う者すらいるのです」

「莫迦な！　お奉行が辻どげ魔の片割れだと⁉」

あり得ぬ——と続けたかったが、そこまで莫迦げた話とも言えまい。

顔を隠して土下座といえばお忍び中の駿河守。小野寺も頭巾姿の奉行に二度も助けられていた。

しかし〝どげざ奉行〟は心正しき人物だ。土下座を悪事に用いるはずがない。

「ちなみに小野寺様、怒らず聞いてほしいのですが……」

じもくが、またおずおずと語り始める。

怒らず聞けだと？　すでに奉行が疑われて不愉快な想いをしているというのに、さらになにか怒る理由があるというのか。

「辻どげ魔のふたりのうち、もう片方……五人を峰打ちで叩きのめした〝かたな般若〟でござァますが――」

「うむ」

「そちらは小野寺様という噂でござァます」

「なにっ、私か!?」

まさか自分が疑われていたとは。

「〝どげざ奉行〟の腹心で剣の達人といえば〝しゅうとめ重吾〟でござァますので。――といいますか実のところ、あたくしも疑っておりました。なので夜目鴉と『小野寺様が辻どげ魔の片割れでないとはっきりするまで、じもく堂はなにも教えない』と取り決めをしてたんでござァます」

もし〝かたな般若〟が小野寺であったら、じもくは口封じに殺されかねぬ。

それを警戒していたというのだ。

四

小野寺と夜目鴉の菊は、じもく堂を後にした。

歩きつつ、菊は念仏のように詫びを入れる。

「小野寺様、お気を悪くなさらないでくださいませ。旦那やお奉行が悪事を働くはずないのは存じております。――しかし、じもく堂とも長いつき合い。安心させてやる必要がありましたので」

「いや……。よい。謝るには及ばん。結局はこうして辻どげ魔の件を教えてくれたのだからな。ありがたく思っているぞ」

厭味(いやみ)ではない。菊やじもくに教えてもらわねば、なにも知らぬままだったのだ。心底、感謝の念に堪(た)えぬ。

（しかし、じもくのやつめ。私に隠しているだけで、本当はもっと詳しいことを知っているに違いあるまい……。江戸一番の聞屋が『武家の噂だから仕入れてない』など信じられぬ）

本当は、まだ小野寺を完全には信用していないからであろう。何度も顔を合わせているのになんとも用心深いことだ。

「だが菊よ。私が辻どげ魔でないと、なぜ確信した？」

「今朝のお詰め部屋でのやり取りでございます。もし旦那が〝かたな般若〟でしたら、辻どげ魔のことを他の同心様がたに教えるはずがありませんので」

その後、小野寺は上野の縄張りへと向かい、菊は奉行所へと帰っていった。

自分も奉行所へと戻り、百木や他の同心たちに『我らの耳には入っていないが、辻どげ魔は何度も罪を重ねていたらしい』と教えるべきか迷ったが、まずは話の裏を取らねば。

野糞の大工が見たという一件、あのあたりの番屋の者たちが本当に知らぬか訊ねてみよう。

（そもそも、本当にだれも番屋に届け出ぬということなどあり得るのか？　辻どげ魔どもが幾度も人を襲っているというなら、昨日のお玉以外にも、ひとりくらいは番屋に駆け込む者はいように）

思索しながら歩くうちに、御池近くの番屋に着いた。

〝出来事泥棒〟に遭ったお玉の駆け込んだ番屋である。――小野寺は、ここで小者ふたりと待ち合わせをしていた。

「辰三、咲く良、来ているか？」

がらり、と番屋の障子戸を開けると……、

「おや、旦那」

「オウ、しゅうとめ。遅ぇじゃねぇか」

番屋内の光景を見て、小野寺はぎょっとなる。

なんと中では咲く良が、日に焼けた中年男の首根っこを締め上げていたのだ。

よく見れば、男はこの番屋の番太頭。若いころは上野中に喧嘩で名前が知られていたというが、蓮っ葉狸のもみじのような手で襟首を掴まれ、涙目でウウウと呻いていた。浅黒い顔をよく見れば、何発か殴られたとおぼしき赤い痕。

乱暴な。なぜ番太頭を締め上げる？

さらに驚かされたのは、つるつる猪の辰三だ。この男、咲く良も番太頭もほったらかしで椅子に腰かけ茶を飲んでいた。

こやつ、なにゆえ咲く良を咎めぬ？　番太頭を助けてやらぬ？

「お前たち、どうしたことだ⁉　咲く良よ、やめよ！　辰三も、なぜ止めぬ！」

辰三は、ぶごー、と鼻を鳴らしながら返事をする。

「止めるもなにも、あっしが咲く良にやらせてンでさあ。頭を締め上げてやれって」

「お前が？　なにゆえ？」

「こいつら、辻どげ魔のこと隠してやがったんでさ。——前にも御池近くで出たことがあったってぇのに、あっしらに秘密にしてやがった」

　三日前と四日前。いずれも夜更け。蓮探しの宴から帰る途中の酔っ払いが、侍ふたりに土下座で財布を奪われたという。

　昨日の出来事泥棒とも、じもく堂で聞いた十日前の野糞の一件とも、また別口の一件であった。

「なんだと⁉　頭よ、なぜ私に報せなかった！」

　と、そこで咲く良が割って入る。

「報せぬどころの騒ぎじゃねえよ。ここの番太ども、財布を取られた酔っ払いが番屋に駆け込んできたってぇのに、わざわざ追っ払いやがったってぇンだ」

「追い払った？」

「オウよ。昨日のお玉も、いっぺん追っ払おうとしたンだと。けど、わっちの知り合いとわかって諦めたンだとさ。——たまたま襲われたのがお玉でなきゃあ、奉行所はずっと辻どげ魔のことを知らねぇまんまだったろうよ」

やっとわかった。なぜ辻どげ魔に襲われた者は番屋に届け出ないのか？　じもくは『〝どげざ奉行〟は辻どげ魔の仲間かもしれないから』と言っていたが、それだけでなかったようだ。

襲われた者たちの中には、番屋へ救いを求めに来た者もいた。

なのに、その番屋が追い返していたのだ。

「頭よ、なぜ襲われた者を追い返した⁉　なぜ私に報せなかった！」

「ウウ、ウ……」

番太頭は呻き声だけで返事をした。襟を絞められ、声を出すことができぬのだ……というふりをして乗り切ろうとしているらしい。小野寺も素人ではない。そんな小芝居では騙(だま)されぬ。

「咲く良、気つけにもう何発か殴ってやれ」

「あいよ」

このように荒っぽいやり口、〝しゅうとめ重吾〟の好むものではなかったが、それでも使えぬわけではない。彼とて廻り方の同心なのだ。

襟首を掴む両手のうち、右手が離れて拳を握る。

番太頭は「ひいっ」と悲鳴を上げた。もう声が出せぬと言い逃れはできまい。

「す……すいやせん、小野寺の旦那！　けど、これは同心の旦那や奉行所に気を遣ってのことでもあるんで……‼　そのへん、どうかわかってくだせえ！」

「回りくどいぞ！　いいから話せ！」

小野寺が声を張り上げたのが駄目押しとなったのか、頭は観念し、震えながら言葉を続けた。

「へ、へい……。ですから、その……土下座の悪事は放っておこうと番屋一同で決めたンでさあ。北町が月番の間は。――どうせ〝どげざ奉行〟は土下座の罪には甘ぇだろうし、逆に俺たち番太が『土下座を悪く言うとはなにごとか』とお叱りを受けるかもしれねぇんで……。とにかく面倒ごとが嫌だったんでさぁ！」

「なんだと、この大莫迦者が！」

なにが同心や奉行所に気を遣ってか。

しかも、この男、聞き捨てならぬことを口にした。

「頭よ、今お前は『番屋一同で決めた』と申したな？　『土下座の悪事は放っておこうと番屋一同で決めたンでさあ』と。それは、この番屋の一同ということか？」

「いいえ、江戸中の番屋一同で……。半月前、番太頭の寄り合いで決まったんでさ」

「江戸中⁉　江戸のすべての番屋でか？」

話が大きくなってきた。せいぜい上野の番屋一同くらいと思っていたが、大江戸全域であったとは。

「特に小野寺の旦那には絶対言わねぇようにと決めておりやした。辻どげ魔の一味だって噂もあったんで……。お奉行様と旦那のおふたりが辻どげ魔かもしれねえと」

またその話か。

あきれたものだ。そこいらの町の衆ならともかく、顔見知りの番太たちまでくだらぬ疑いを抱いていたとは。

いずれにせよ、こうなるともう目の前の番太頭だけの話ではない。

「そうか……。番太頭よ、お前の処遇は奉行所で決める。——しかし辰三と咲く良、よくやった。よく番太たちの隠しごとに気づいたな。どちらの手柄だ?」

小野寺が訊ねると、咲く良は顎でクイッとつるつる猪を指し示す。

「辰三どんさ。どうも近ごろ番屋の連中が妙だってンでコッソリ調べていたんだと。だから、ここんとこ、しゅうとめと別々のときが多かったンだよ」

「そうか、さすがであるな」

小野寺が褒めると、辰三は照れ臭そうに仏頂面を赤くする。

なるほど、言われてみれば近ごろ別行動が多かった。まさか番太たちを探っていたとは。

（……しかし、私にまで内緒とはな）

万が一にも話が外に漏れぬよう用心してのことであろう。多少面白くはなかったが、とはいえ頼りになる男だ。

五

まさか江戸中の番太がぐるになって辻どげ魔を隠していたとは。

小野寺はすぐさま奉行所へと戻り、序列一位の百木に聞いた話すべてを語る。

百木は驚きのため、大きな目玉を逆に細くすぼめていた。

「そうか……。小野寺、よくぞ教えてくれた。晦日より前に知れて幸いだった」

件の番太頭は『北町が月番の間は』土下座の悪事を放っておくと言っていた。

ならば月番が南町に替われば、すぐに辻どげ魔の件を奉行所へと報せよう。

〝どげざ奉行〟やそのお気に入りの同心のために悪事を見逃していたとあらば、これは北町奉行所の不祥事。南町はここぞとばかりに、

『――すべては牧野駿河守の不行届き。町奉行でありながら土下座ばかりするから、

このような事態になったのだ』

と責め立てるはず。

南町奉行の遠山左衛門尉は〝どげざ奉行〟牧野駿河を憎んでいるのだ。これほどまでに大きなしくじり、捨て置くなどあり得まい。

この機に、駿河守を追い落とそうとするであろう。

(いや、そもそも最初から南町の謀だったのではあるまいな……?)

江戸中の番太をそそのかし、奉行と北町を陥れる算段かもしれぬ。

いずれにせよ五月のうちに知れたのは僥倖としか言いようがない。――残り、たったの二日であったが、それでもうんと幸いであった。

百木は巨大な両目を細めたままで考え込む。

「この件、すぐ私の方で手を打つとしよう。まずは江戸中の番太頭を呼び出して、辻どげ魔隠しについて叱責せねば。あとは……梶谷様にお報せするべきかどうかであるな」

たしかに悩みどころであろう。

与力の梶谷は、南町の間者であった。北町の動きを逐一教えるよう言い含められているはずだ。

とはいえ一方で、これほどの大事、騒ぎになれば梶谷自身にも責が及ぶ。あの役人気質の与力殿なら黙っていてくれるかもしれぬ。

本当は、百木もすべてを報せたかろう。このような大事、同心の権限だけで片づけられるものではない。与力の助けが必要だ。――そもそも上役に対して隠しごとなど、番屋の者たちがしていることと同じではないか。

だが、もし梶谷に裏切られたら……。

堅物の〝しゅうとめ重吾〟としては、このような駆け引き、本来なら唾棄すべきものであった。本当は『なにもかも包み隠さず報せるべきでしょう。町奉行所の役人は、民の規範となるべき存在。我らが正直でなくば町人たちも正直ではいられますまい』と、この序列一位に言ってやりたい。とはいえ北町と南町が対立を深めている今、そう簡単にいかぬというのも理解していた。

やがて百木は、細めた両の目を再び見開く。

「よし、決めたぞ。こちらは任せよ。――お前は上野で辻どげ魔を追え」

残りの刻は、今日と明日のみ。明後日にはもう南町の月番だ。

今打てる手はすべて打たねばなるまい。

今、小野寺にもすべきことがある。

辻どげ魔を追い、お縄にすることだ。——土下座の悪事であろうと北町奉行所は見逃さぬ。それを番太たちにはっきり示してやらねばならなかった。

(今のところ、疑わしき者はあやつらだけか……)

吉良桔梗之介。

あの色男と、親戚だという老人のみ。

同心の勘だ。ふたりが怪しい。——いや、もしかすると『妹を奪った怨敵が下手人であってほしい』という願望を、勘と取り違えているだけかもしれぬ。小野寺自身にもわからない。

しかし、それでも他に疑うべき者はいなかった。

小野寺は上野の縄張りに戻るべく、奉行所を後にしようとしたが——、

「——あっ、いたいた。小野寺さん、ちょいとお待ちを」

門を外へとくぐったところを、高めの声で呼び止められた。

廻り方同心最年少の立原だ。今日は門を出ようとするたび、だれかに声をかけられる。

この十六歳、新米だけあって申し送りの書き付け作りに手間取っており、見廻りを休んで奉行所に残っていたのだ。

「どうした立原？　私は急いでいるのだが」

「いえ、こちらも急用でして。ついさっき、うちの妻（さい）が奉行所まで走って来まして、小野寺さんに『今すぐ屋敷にお戻りを』と伝えてほしいと」

「屋敷？　私の屋敷ということか？　なにゆえだ？」

「さあ、そこまでは……。なにせ妻（さい）は粗忽（そこつ）者でして。最後まで言わずに大急ぎで帰ってしまいました」

奥方よりも、ちゃんと用事を聞かぬお前の方がよほど粗忽者であろうに。廻り方の同心がそれでは困る。――そう説教をしてやりたかったが、急ぎというならまた今度だ。どうせこのお調子者のこと。叱る機会は今後いくらでもあるはず。

小野寺は、上野と逆の八丁堀へと駆けだした。

（しかし、なぜ屋敷に戻れなどと？　まさか十三年前のように、同心を逆恨みする輩（やから）が押し入ったとでも言うまいな!?）

いや、それならば立原の奥方も、さすがにもっと騒ぐはず。

果たして、なにが起きているのか。首を傾（かし）げながら早足で十町を駆け抜け、自分の屋敷の前へと着く。

　垣根のところで、立原の奥方がコソコソ中を覗いていた。

　余談だが、この奥方は六尺近くもある大女。歳は二十で亭主より四つ上ということもあり、小柄な立原と並ぶとまるで姉弟か親子のようでもある。——その背丈のおかげで、ちょっと背伸びをするだけで垣根の向こうを見ることができた。

「奥方殿、我が家になにか？」

「あっ、小野寺様、待っておりました！　急いで中をご覧ください！」

　ちょうど垣根に昨日の朝木刀で開いた穴があったので、そこから自分の屋敷を覗いてみると……、

（なにっ⁉　あやつは——‼）

　そこにいたのは、あの色男。

　辻どげ魔の片割れと疑わしき、にっくき吉良桔梗之介であったのだ。

　しかも妹の八重とふたり並んで縁側に腰かけ、庭を見ながら談笑していた。

（あやつ、私の居ぬ間に屋敷へ上がり込むとは……‼　そして八重のやつめ、私が留守の間に男を引っ張り込むとは！　嫁入り前の娘がはしたない！）

　怒りで震える小野寺に、立原の奥方はおっかなびっくりと声をかける。

「わたくしも迷ったのですが、小野寺様は八重さんの『よい人』を気にかけておられると伺っておりましたので、お耳に入れることにしたのです。……もしかして、ご迷惑でございましたか？」

「いいや……。奥方殿、よくぞお教えくださった」

ただ困ったことに、この六尺女房、体と同じく声も大きい。

垣根ごしに騒いでいたので、向こうに気づかれてしまったようだ。——桔梗之介が、ぺこり、とこちらに頭を下げた。

「これは兄君殿、お邪魔しております。はは、ずいぶんお早いお帰りですな」

前と同じく見事な会釈。

真剣ならば、また斬られていた。

幕間の参

同心立原の奥方あやは噂好きである。——といっても、はたちの女であるのだから噂話を好むのは当たり前のことかもしれぬ。

また聞屋稼業のじもくと違い、集める噂はそのほとんどが色恋話。

やれ、あの娘はあの男に気があるらしいだの、やれ、あそこの若旦那はこないだ振られただのと、近所中の惚(ほ)れた腫れたを真贋(しんがん)問わずに漁(あさ)っていた。これまた若い女としてはごく普通のことであったろう。

そんなあやが、小野寺家の八重が近ごろ吉良桔梗之介と仲がよいと知ったのだ。黙ってなどいられようか。

吉良の〝桔梗様〟といえば、江戸の若い女ならその名を知らぬ者などいない。ことに下級武家の娘たちから評判が高く、町人娘らを主な贔屓筋とする〝げんこつ咲く良〟と人気を二分するほど。

片や、八重の兄はこのところ瓦版にしょっちゅう名の載る〝しゅうとめ重吾〟。

——件の〝げんこつ咲く良〟とできているのではと囁かれている男であった。

（もし八重さんが桔梗様と恋仲になって、〝しゅうとめ重吾〟がふたりを別れさせようとしたら……。おまけに〝げんこつ咲く良〟まで出張ってくれば——）

これはもう、江戸で名の知れた者たちが集まって、生身の芝居を演じてくれるようなものではないか。しかも歩いていけるすぐ近所で。

これはかぶりつきで観なければ。そして、せっかくだからうんと拗れて面白くなってもらわねば。

桔梗様が女であると知らぬわけではなかったが、ほんの些細なことであった。

肆「辻どげ紅蓮花（後編）」

一

吉良桔梗之介が会釈から顔を上げると、その口元にはいつぞやと同じく、細い月がごとき薄笑いが浮かんでいた。

ただの愛想笑いであったのだろう。だが、この白い歯の若侍を嫌う小野寺には、人喰いの獣が牙を剝いているようにも見えた。

艶めいた赤い唇は、唄うがごとく声を発する。

「兄君殿、中に入ってこられてはいかがです？」

この美しい若者にくらべ、身をかがめて垣根の穴を覗く自分は、なんと見苦しい有様であろうか。惨めさに歯嚙みしながら小野寺は門から屋敷の庭へと回った。

妹の八重（やえ）は、表に人がいたこと自体に気がついていなかったため、急に現れた兄を見て――、

「兄上⁉　なにかお忘れ物でも？」

と縁側に腰かけたまま目を丸くしていた。

「なるほど桔梗様ったら、そういうことでございましたか。いきなり変なことを言い出すから、いったいどうしたのかと思いましたが、外に兄上がいたのを知っておられたのですね。さすがでございます」

「はは。なあに、まぐれですよ。垣根の向こうにだれかがいるのはわかっていましたが、兄君殿でなければ無用な恥をかくところでした」

おそらく嘘（うそ）だ。

口にする一言一句が確信に満ちていた。――垣の向こうに潜んでいたのは小野寺重吾（じゅうご）であると見抜いていたに決まっている。

（なぜわかった？　声か？　足音か？　穴から顔が見えていたのか？　あるいは古（いにしえ）の剣聖のように、私の『剣気』を感じたとでも？）

だとすればこの色男、自分より剣の腕は上かもしれぬ。北町一の同心剣豪である彼でさえ、剣気だけで相手を当てることなどできなかった。

（いかん……。これ以上、呑まれてなるか！）

足の裏に力をこめて、必死に一歩前へと出る。

「吉良殿、当家にいかなご用ですかな？」

双眸で、きっ、と色男を睨めつけた。

廻り方同心ならば見習いのときに習得を義務づけられる『町の罪人どもを震え上がらせるための眼光』であったのだが――、

「ふふ。なあに、大した用事ではございませぬ」

桔梗之介はひるまない。唇の微笑みも、わずかたりとも崩れなかった。

「強いて言うなら、もっと兄君殿のことを知りたくて。――八重殿に、貴殿のことをいろいろ伺っておりました」

「拙者のことを？　それはまた、なぜ？　いや、それより吉良殿は先ほどから拙者を『兄君殿』とお呼びだが、そのような呼び方をされる謂れはござらん」

この小野寺の言葉に、桔梗之介の笑みはついに崩れた。

ぷっ、と吹き出し、異なる笑い方となったのだ。

「八重殿の兄君殿ゆえ、そう呼んだまでにございますが……。とはいえ、この桔梗之介、八重殿のことを好いているゆえ、いずれは重吾殿を義理の兄上と呼びたく思っておりまする」

「なにっ⁉　妹と夫婦になりたいと？」

兄と桔梗之介のやり取りを聞き、今度はなぜか八重がぷふっと吹き出した。

「あらまあ桔梗様、そうでしたの？」

「そうですとも。兄君殿のことをいろいろ聞かせてもらっていたのも将来の義兄に気に入られたい一心でのことなのです」

「あらあら、なんということでしょう。照れますわ」

妹と色男は、互いの顔を見つめながら、くすくす悪戯っぽく笑い合う。

こやつら、なにがそんなに可笑しいのやら。小野寺の苛立ちは留まるところを知らなかったが、そんなとき。

（おや、あれは……）

桔梗之介の傍らに置かれていたものに気がついた。

それは洒落た瑠璃色をした、長さ三尺強、幅二寸ばかりの細長い布袋。

中身入りの竹刀袋であったのだ。

「吉良殿、剣術稽古に行かれる途中で？」

「はは、よかったら兄君殿も『桔梗』と名でお呼びください。――そう、いかにも剣術稽古。もし兄君殿がこちらのお屋敷においでてでしたら、ひとつ稽古をつけていただこうと思いまして」

「私とか⁉」

それで、わざわざ竹刀を担いで来たというのか。しかも——、

「兄君殿は、真剣でも構いませぬよ」

などと舐めた口をきく。

北町最強で知られた同心剣豪小野寺のもとには時折、仕合だの出稽古だのを挑んでくる者が訪れる。

いつもであれば『自分は剣術家でなく一介の同心ゆえ』と挑戦を拒むのが常であったのだが、今回は……、

「……では吉良殿、一手ご指南いただきましょう」

受けることにした。

相手は妹に手を出した色男。逃げれば兄がすたるというものだ。

小野寺と桔梗之介は同心屋敷の狭い庭にて、竹刀を構えて向かい合う。

防具は無し。

距離は、わずか一間。

一歩踏み出せば手が届きそう。——狭い庭ゆえ、こうなった。通常の剣術仕合の半分だ。道場での稽古では、ここまで近くで相対することはない。

無論、実戦でもそう多くはない。斬り合いの場において、ここまで近づいたときには、すでに勝負がついているのが普通であった。

この間合いは、小野寺にとって有利となるや不利となるや。

「桔梗様、おやめくださいませ！　うちの兄上は強いのです。怪我でもされたらどうなさります！」

八重は泣き叫ばんばかりの勢いで止めようとしていたが、当の桔梗之介は平静そのもの。呼吸は一切乱れていない。

姿勢もいつもと同じく、髪一本の幅すら左右にぶれぬ。

「八重殿、ご安心を。〝しゅうとめ重吾〟は河童退治で知られた剣の名手でありましょうが……とはいえ、私もなかなか強いのですよ」

桔梗之介は中段、正眼の構え。

小野寺も同じく正眼。真似ではなく必然だ。——正眼は剣術の基礎。攻守共に優れ、あらゆる事態に対処が可能な構えである。この近すぎる距離では他の選択肢などあり得ない。

両者の竹刀は、最初から刀身同士が触れ合っていた。

（……こやつの剣、やたら重い）

それどころではなかった。

剣先に力をこめたが、相手はぴくりとも動かない。まるで巨岩と竹刀を合わせているかのよう。——これは膂力（りょりょく）で踏ん張っているのではないらしい。

動かぬのは、力でなく姿勢のため。立つ姿勢によるものだ。

全身の力と重み、それが理想の配分にて竹刀にかかるよう、この若侍は立っていた。

真っ直ぐ（まっすぐ）立つ。

正しく立つ。

綺麗（きれい）に立つ。

この三つは『三位（さんみ）』と呼ばれ、あらゆる武術にとっての基礎にして真髄である。吉良桔梗之介はそれらを完璧なまでに会得（えとく）し、最大の武器としていたのだ。

（なるほど、口先だけではないらしい）

自慢の美貌に痣（あざ）でも作ってやろうと思っていたが、どうやら簡単にはいかぬようだ。

「……では、始めるぞ」

「ええ、どうぞ兄君殿」

前へと重心をかけると、向こうも同じように押し返してくる。鍔迫り合いの形となった。――だが桔梗之介の剣、やはり重い。やはり巨岩。

この細腕の色男、鍔迫り合いを受けたのは、姿勢の三位に絶対の自信があったからであろう。小野寺がいくら力を入れようと細身の桔梗はびくともしない。

ならば――と小野寺は逆に、重心を後ろに下げる。

失策だ。つい、並みの剣士を相手するかのように動いてしまった。

これは敵の姿勢を崩させるための動作だ。だが目の前にいる色男が、姿勢を乱すなどあるはずがない。

（しまった……。今のは拙い手だ）

自分が退いた分だけ、桔梗之介は前へと出てきた。巨岩の重みが小野寺の竹刀へのしかかる。小賢しき臆病者を圧し潰そうとするがごとく。

竹刀は、みしみしと音を立てていた。

ふたりが用いているのは袋竹刀といい、四つ割りの竹を束ねて丈夫な牛革をかぶせたもの。過酷な負荷がかかろうと簡単に壊れたりはせぬ。

でありながら、現にこうして軋んでいた。その音、まるで竹刀が救いを求めて悲鳴を上げているかのよう。

しかも鳴っているのは小野寺のものだけだ。桔梗の竹刀はただただ無音。これは材質や拵えの差ではあるまい。

そして次の瞬間……、

——ぱあんっ

と弾けた。

折れも壊れもせぬはずの竹刀が。

革が破れ、中からは粉々に砕けた竹片が飛び出したのだ。

しかも、これまた小野寺の方のみだ。桔梗之介の竹刀は、革に破れ目ひとつ、竹に罅ひとつ入っておらぬ。

立ち姿を極めるだけで剣はこれほどまでに強くなるのか。

竹刀と竹刀の対決は、こうして決着したのだが——。

「……お見事、兄君殿」

負けを認めたのは、吉良桔梗之介の方であった。

小野寺重吾は二刀流の剣士。廻り方同心として多数を相手に戦うべく、両手それぞれに武器を持っての立ち回りこそを得意とする。

こたびは、その応用。

竹刀が弾ける、その一瞬前。彼は左拳を固く握り、桔梗の麗しき顔面へと叩きこんでいた。

ただし寸止め。——文字通り、ちょうど一寸手前で拳は止まった。

「ははは。さすがは〝しゅうとめ重吾〟殿、私の負けでございます。——もし実戦でしたら、この鼻、潰れて真っ平らでした」

「いや……」

この男、笑っていた。なんたる余裕。長い睫毛の目も閉じてない。

恐怖を感じぬとでもいうのか？　寸止めとわかっていようと、普通は腰を抜かすものであろうに。

（私の勝ちのはずがあるまい……）

桔梗之介の態度を抜きにしても、小野寺は自分が勝ったと思えなかった。

もし寸止めなしの実戦であれば、たしかに彼の拳は色男の鼻を潰していただろう。

だが、それだけだ。

その一撃で桔梗之介を昏倒せしめられなければ、返す刀で斬られていたはず。三位による巨岩の姿勢は、素手の打撃程度で揺るぎはすまい。

小野寺は負けたのだ。剣で敗れたのは久方ぶりのことであった。

「兄君殿、よい汗をかかせていただきました。今後もたびたび遊びに参りますので、また稽古をつけていただければと」

「う、うむ……」

美貌の若侍は、例の牙を剝くような薄笑いを残し、同心屋敷を去っていく……。

二

本当は、そのまま吉良桔梗之介を尾行するべきであった。

あの男は、辻どげ魔の片割れかもしれぬのだ。小野寺は去っていく桔梗之介を隠れて追わねばなるまい。——もしかすると、このあと仲間とふたり能面姿でだれかを襲う気なのかもしれぬ。

だが、小野寺には後を追うことができなかった。

桔梗之介の思わぬ強さに、ただ屋敷の庭で立ち尽くしていたのだ。

（色男の分際で、あれほどまでに強いとは……）

北町奉行所最強で、江戸中の盗賊ややくざ者どもから怖（おそ）れられる小野寺が、あのようにちゃらちゃらとした若僧に負けるとは。

しかも、情けで勝ちを譲られるとは。

ただ、そんな驚きと悔しさが理由とはいえ、尾行を忘れて立ち尽くすなど廻り方同心失格だ。悔いだけが彼の胸に満ちていく。

「兄上、よかったらお水でも……。ひどい汗でございましてよ」

八重が、水と手ぬぐいを持ってきてくれた。

ずっと仲違（なかたが）いをしていたというのに、こうして優しくしてくれた。今の自分はよほど惨めに見えたのだろう。情けない。

「八重よ……。もう吉良桔梗之介とは仲良くするな」

「兄上⁉　今度こそ見損ないました。またそんなことをおっしゃるなんて」

妹は、兄が八つ当たりしていると思ったらしい。

得意の剣術で負けたから、逆恨みで妹との仲を引き裂いてやろうとしているのだと。

——いや、自分で認めたくはなかったが、もしかすると、そのような想いもあったかもしれぬ。

それでも口では、そうでないと念を押す。

「違うのだ……。竹刀とはいえ、剣を交わしたからわかる。あやつ、思っていた以上にただ者ではない。——闇深い男だ。近づかぬ方がよいだろう」

「まあ……。闇深い『男』でございますか。剣を交わすと、なにかがわかるものなのでしょうか?」

小野寺の言葉の前に、八重はなぜか、

「剣を交わせば大抵のことはわかる。刃の前に秘密なし。隠しごとはできぬ」

——ぷふっ

と吹き出していた。

この妹、なにが可笑しいというのか。兄が真面目な話をしているというのに。

しかも……、

「ぷふっ、はははッ。そうだぞ妹殿、ああいうのは闇深え『男』だから仲良くしねぇ方がいいぜ」

なぜか咲く良がふらりと屋敷に戻ってきて、いっしょになって笑っていた。

こやつまで、なぜ笑う？　しかも八重は、この蓮っ葉狸に笑われるのは気に食わぬのか、むすりとした顔になっていた。

「咲く良よ、どうした？　まだ上野で見廻りの刻であろうに」

「チョイと奉行所に用事があってさ。で、若僧同心の立原が、おめえは屋敷だろうと言うンで、こっちに顔を出したってぇわけよ。——それより、しゅうとめ、てめえ負けてんじゃねえってンだ」

「……見られていたか」

桔梗之介との竹刀稽古、覗いていたということか。

だとすれば、この盗み見狸、少し前からずっと見ていたということになる。

「そこの垣根の穴から見てたのさ。ひっでぇ負け方しやがったな」

この娘、普段から遠慮のない性分であったが、情け容赦もないらしい。

「咲く良も、私の負けと思うか？」

「たりめぇだろ。鼻っ面を殴っただけじゃ、相手が根性モンだと倒れねぇかもしンねえからな。──それに手ぬぐいもなんも巻いてない手で、あの力加減で殴ったんだ。ホンバンの喧嘩だったら拳が潰れて骨が折れてた。痛くてそれ以上はなンもできねえ。次のやつに斬られて負けだ」

さすがは喧嘩名人〝げんこつ咲く良〟。

竹刀での稽古であろうと一対一の勝負でなく、一対多を常に想定しているようだ。

ただ、小野寺とは違う視点をもってしても彼の負けは覆らない。無念である。

「ときに咲く良よ、奉行所に用事とはなんだ？　見廻りを抜けるほどの大事な用か？」

「オウともさ、大事な用さ。百木の旦那が江戸中の番太頭を呼びつけたンだ。〝辻どげ〟隠しの件で釘を刺す気なンだろうな。わっちもコッソリ見てようと思ってよ」

さすがは百木。仕事が早い。

奉行所の裏庭にて集まるよう、触れが回っているとのことだ。

小野寺も咲く良と共に、奉行所へ向かうことにした。

三

よく大江戸八百八町というが、町の数だけ番屋はある。しかも江戸が栄えていくにつれ町も番屋も増え続け、今ではその数、千近く。

当然、番太頭も同じ数だけ存在する。

奉行所の裏庭というのは御白洲の予備でもあるため、それなりに広くはあるものの、さすがに千人は入れない。——なので、すべての番屋になにか急ぎの用事がある際は、まずは江戸のあちこちから主だった番屋三十軒ばかりの頭を呼びつけ、その後は言伝を繰り返して他の番屋に広めるという手を使う。

こたびも同じだ。百木の呼び出しに応じた番太頭三十名が、裏庭にギュウギュウになって集まっていた。

「お前たち、妙な隠しごとをしているそうだな？　この目玉はお見通しであるぞ」

同心一位のぎょろりとした目は、三十人を一度にまとめて睨めつける。

彼の隣には、与力の梶谷の姿もあった。——百木は、この上役与力に報せるかどうかを迷っていたが、結局はすべて打ち明けると決めたらしい。

小野寺は咲く良を連れて、番太頭たちの後方から裏庭の光景を眺めていたのだが、

（……うむ。百木殿、正しい判断であろう）

と、ひとり頷いた。

これでよい。これで正しい。これから番屋の隠しごとを咎めるというのに、同心と与力の間で隠しごとをしていては道理が通らぬというものだ。

（だが、さて、果たしてどうする気なのか）

番太を叱るのは難しい。——たとえば江戸随一の賑やかさを誇る日本橋大通りの番屋や、がらが悪いので知られた本所界隈の番屋などは、自分たちこそが町の安寧を守っているのだという自負からか、同心に対して生意気な態度を取ることも多かった。ちょうど、その二軒の頭も来ていたが、へそでも曲げて『じゃあ今後はお好きになさってはいかがです』などと言い出せば厄介なことになろう。後先考えずに怒鳴りつけるのは、どこぞのしゅうとめ同心くらいだ。

現に今も、番太頭たちがギュウギュウになっている中から、

「——〝どげざ奉行〟サマに気を遣ってのことなのによォ……」

と、小さくぼやく声が聞こえた。

北町で最も仕事のできる同心百木と、最も保身に長けた与力梶谷は、三十人の番太

頭をどう叱るのか？

小野寺が固唾を呑んだ、まさにそのとき――。

「お主たち、儂のせいですまなかった」

居並ぶ頭たちへ最初に言葉をかけたのは、百木や梶谷でなく別の声。

番太頭たちの後方より見ていた小野寺の、そのまたさらに後ろから来た人物こそが声の主であったのだ。

〝どげざ奉行〟牧野駿河守だ。

百木たちにとっても予定の外であったらしく、ふたりの顔からは狼狽の色が窺える。梶谷などは口をあんぐりとさせていたほど。

よく見れば、傍らには年老いた女中の姿があった。――夜目鴉の菊だ。この老女は奉行の手の者でもある。おそらく百木たちの動向に気がついて、奉行へ報せたのであろう。

「番太頭たちよ、話は聞いておる。すべては儂のため、儂のせいであるのだろう？いや、相すまぬ」

奉行は、下げた。

頭を。謝罪のために。

だが意外なことに、ただの会釈。ただの辞儀。

なんと、土下座ではなかった。

（そうか……。お奉行の土下座癖が理由で、番屋は〝辻どげ〟を見逃したのだ。ここで番太頭たちに『ど』の字をしては理屈が合わぬ）

しばし土下座を封印するつもりであるのだな、と小野寺はひとり得心していたのだが……、

「どうか、この通り」

違った。

牧野駿河は裏庭を埋める三十人の番太頭を搔き分けて進み、百木と梶谷の前へと出るや――、
土下座した。

番太頭たちに背を向けて。

自分の部下である同心百木と与力梶谷に、その頭を下げたのだ。

「だれかも申しておったが、番屋の者たちは儂に気を遣ったがゆえに過ちを犯したの

だ。ならば儂もいっしょに叱られようではないか」

なるほど上手(うま)い。小野寺は改めて感心させられた。

（『許してやってくれ』でなく『いっしょに叱られよう』とは……）

番屋の者たちが今回の件をしでかしたのは、いくら口では『奉行に気を遣って』などと言っていようと、とどのつまりは『叱られたくない』という身勝手によるもの。きつく叱って悔恨させねば、また似たようなことをするであろう。

なので奉行は許すのではなく、共に叱責されることを選んだ。

しかも、ゆるりとした土下座であった。

遅く。静かに。うんと丁寧に頭を下げていた。ここしばらく奉行はずっと、早さや速さこそを第一に重んじていたというのに。

もしかして、己(おの)が過ちを認めたというのか。

速さの技を追い求めるより、もっと重んじるべきことが土下座にはある……このゆるりとした土下座は、そう告げているようにも小野寺には見えた。

「百木よ、早く叱るがよい」

「は……はい、それでは――」

三十人の番太頭も、ひとり残らず土下座する。――奉行が先頭でひれ伏していたのに、自分たちが顔を上げているわけにはいくまい。狭い中なんとか地に膝と手をつき、必死に頭を下げていた。

日本橋大通り番屋の頭は泣いていた。本来雲の上の存在である町奉行が共に叱られることで自らの罪を理解したのか。それとも自分たちのために土下座する奉行の慈悲に感じ入ったか。

気がつけば残り二十九人の頭たちも、その目に涙を湛（たた）えていた。

（……これは、いわば〝君子（くんし）の土下座〟か）

許しのための土下座ではなく、人と共に歩き、心を導き正すための土下座であった。

小野寺にとって奉行の『ど』の字は見慣れたものであったというのに、釣られて涙が流れかけていた。

これにて番屋の件は解決となる。番太頭たちはそれぞれの番屋に戻り、近隣一帯の番屋や番太たちに裏庭でのことを伝えるはずだ。

百木と梶谷は、揃（そろ）って奉行に礼を言うが、当の牧野駿河守は、

「いや、礼は不要。お主たちなら儂がおらずともよかったであろう。――だが、儂の

土下座が発端であると聞き、居ても立っても居られなくてな」

と、もう一度、百木たちへと土下座した。

（番屋の件を終えたからには……次は、辻どげ魔どもであるな）

奉行の耳から隠さずともよくなったのだ。今後は北町総出で本腰を入れて追うことができるというもの。

小野寺は、咲く良を連れて奉行所を出る。

上野の縄張りへと向かう途中、蓮っ葉狸はぽつりと漏らした。

「そういやさァ、北町のお奉行サマってあんな顔してたンだな」

「……？　前に顔を見ていなかったか？」

「いンや、初めて見た」

そういえば前に咲く良が奉行と会ったときは、頭巾で顔を隠した〝土下座頭巾〟の姿であった。

だとすれば、この娘、およそ十年ぶりに父親の顔を見たということになる。

なにか言葉をかけてやろうかとも思ったが――、

（『よかったな』か？　それとも『昔見たときより老けていたか』とでも？）

なにを言おうか迷っているうちに、話題は別のものへと移っていた。

「しゅうとめよォ、辻どげ魔をどう追う？　なンか手がかりは増えたかい？」

「いいや……。今のところは相変わらずだ」

吉良桔梗之介が怪しいということ以外、なにもわからぬままであった。

今後は番屋が追い返さぬから、手がかりは増えていくであろうが……。

「頼りねえ話だなァ？　しゃあねえ。わっちの奥の手を使うとするか」

「お前の奥の手？」

この蓮っ葉に、拳骨以外の手があるというのか？

四

一刻ばかり経ったころ。

上野の東側の片隅に、広さ一畝ばかりの空地があった。

かつて、この場所には古い稲荷神社が建っていた。柱が腐ってこのままでは建物が倒れるからと建て直しの話が進み、寄付も集まっていたのだが、神主が寄付された金子を持って姿をくらませたために今では更地。狐が退かされた石の台座や、ところどころに残った石畳にのみ、ここが社であったという名残を残す。

そんな、ろくに草むしりもされておらぬ空地にて——、

「オウ。おめぇら、よく集まってくれた」

その数、実に三十一名。

江戸中から若い娘が集まってきていた。多くは十代の町人娘であったが、中には高位の武家の娘らしき者や、三十路近くの年増女もいる。

それどころか店の遊女の代理であると、法被姿の忘八までも交じっていた。

「咲く良よ、この者たちはなんなのだ？」

小野寺が訊ねると、蓮っ葉狸は得意げに、へへん、と鼻を鳴らして返事をする。

「こいつらはよォ、わっちの贔屓筋さ」

「こやつら全部がか⁉」

〝辻どげ〟に遭ったお玉たち三人と同様、〝げんこつ咲く良〟を贔屓にしている者たちだという。——よく見れば、その三人も三十一人の中にいた。

咲く良が若い娘に人気があるのは知っていたが、まさか、これほどの数の贔屓がいようとは。

「オイオイしゅうとめ、なにが『こやつら全部がか』だ。そンなはずあるわきゃねぇだろ」

「む、そうか。それもそうだな。つい勘違いをするところであった」

いくら人気があるとはいえ、これほど多くの贔屓筋がいるはずが……。

「全部じゃねえよ。こりゃあ一部さ。一声かけて一刻で集まるやつらだけ来てもらったンだ」

「なんだと⁉」

どうやら逆の勘違いをするところであったらしい。だとすれば全員だと幾人になるのか？

また、一声かけただけでこの数が集まるのも驚きであった。——町奉行所の集めた番太頭が三十名であったから、咲く良の方が一名多い。

一刻前、この蓮っ葉狸は近くの小間物屋（こまもの）へ入り、その店の娘となにやら言葉を交わしていた。

あのとき、号令をかけたのであろう。この社の跡に来いと。

そして口伝えで贔屓の娘から贔屓の娘へと広まって、これだけの数が集まったのだ。

娘たちは黄色い声をきゃあきゃあと響かせる。

「――それで、本日はなんのご用で？」

「――あたくしたち咲く良姐さんのお役に立てるなら、いつでも飛んで来ますので」

「――でも、あたしは姐さんが岡っ引きなんかになって残念無念だなァ。ずっと用心棒やってりゃよかったのに」

「――で、そちらのお侍が、噂の〝しゅうとめ重吾〟サマですか。姐さん、なんぞ厭らしいことなぞされちゃいねえでしょうね？」

黄色い声で、なにやらひどい誹謗を受けた。

ただ、この娘たちが自分を嫌うのも仕方がないと、小野寺も理解はしている。

憧れの〝げんこつ咲く良〟を小者として従えているのだ。『姐さん相手に威張るだなんて』という怒りや、『いつもいっしょで羨ましい』という妬みで、悪態のひとつも飛ばしたくなろう。

小野寺は怒りを堪え、眉間に刻まれた皺をよりいっそう深くする。咲く良はそんな同心の面相をチラリと一瞥して満面の笑みを湛えながら、居並ぶ娘ら一同に告げた。

「おめえら、わっちを手伝ってもらいてえ」

そして言い終えると共に、

——きゃあああああっ

という大歓声が巻き起こる。千代田のお城まで届くのではないかというほどの声であった。

「——咲く良姐さんのお役に立てるというのですか⁉」

「——やります！　手伝います！　こんな嬉しいこたァねえです！」

「——マア、なんて素敵。姐さんの下っ引きというわけですね」

下っ引きというのは、同心の小者（岡っ引き）のさらに手下を指す俗称だ。小者は多忙であるため、そのような下働きの者を抱えることが許されている。

お上の手先のそのまた手先ということで、町衆に好かれているとは世辞の上でも言い難く、進んでなりたがる者もあまり居らぬ。——なのに蓮っ葉狸のもとでなら、これほど喜ぶものであるというのか。

先ほど『姐さんが岡っ引きなんかになって残念無念』と抜かしていた娘などは、感極まって、何度もきゃあきゃあ叫んでいた。

「オウ、みんな手伝ってくれるか。助かるぜ。——いいか、おめぇら。今、江戸には土下座で銭やら物やらを奪う、辻どげ魔てぇのがいやがンだ。土下座を悪事に使われて、お奉行サマも悲しんでおられらァ」

このとき小野寺は改めて、集まった娘たちがどれほど深く咲く良に心酔しているかを思い知らされた。——辻どげ魔という語を耳にしても、だれひとりとして笑わぬし、戸惑いの色も見せぬのだ。

皆、咲く良姐さんの言うことならば、なんでも真面目に聞くらしい。まるで忠臣と主君であった。

「そンで、おめぇら、なにか知ってることがあったら、わっちに教えてもらいてぇ。ただし——」

黄色い歓声が続く中、咲く良は『ただし』と付け加える。

「次の三つは絶対ぇに忘れンじゃねえぞ。わっちとおめえらの約定（やくじょう）だ」

ひとつ。他人様（ひとさま）に面倒をかけない。
ひとつ。自分の親兄弟は売らない。
ひとつ。自分の身を危うくしない。

「いいか。だれかを困らせたり、身内を売ったりしてまで手に入れた手がかりなンざ、わっちは少しも嬉しくねえ。――それと一番大事なのは最後のひとつ。おめえらが無事息災でなきゃ咎人を捕まえたって意味がねえンだ」

身内を売らぬというのは、自身の過去から出た言葉であろうか。

この咲く良は、先日の〝蝦蟇ちどり〟の一件で、自分の親代わりであったやくざ一家を潰すことになってしまった。正しき行いをした結果であり、悔いることなどないはずだったが、それでも胸には晴れぬ想いがあるのかもしれぬ。

「この三つを守った上で教えてくンな。だれかいるかい？」

やがて暮れ六つ（午後六時）の少し前。暗くなる前に娘たちは家へ帰した。

ありがたいことに小野寺たちは、いくつかの手がかりを得ることができた。――咲く良の贔屓筋たちの中に、大店の娘や武家屋敷の奉公人、さらには飲み屋の女中や茶屋娘、芸者、女郎などといった『噂話の集まる女』が交じっていたおかげである。

（こやつめがその気になれば、じもく堂に並ぶ聞屋になれるかもしれんな）

いや、それよりも驚くべきは、人を惹きつける力であろう。この咲く良の一番の力は喧嘩の強さなどでなく、大勢に好かれることであるかもしれぬ。

人から嫌われることの多い小野寺としては、どこかこの娘が羨ましくもあった。

一方、当の蓮っ葉狸は、

「へヘッ、どうだい？　わっちのこと見直しただろ？」

と屈託なく笑うのみ。

こういうところが好かれる理由に違いあるまい。

「ああ、見直したぞ。あんなに大勢を集めることができるとはな」

「だろォ？　今日来たやつらからの口伝えで、明日にはもっと集まるぜ。――マア、一声でこんだけ女を集められンのは、わっちともうひとりしか江戸にゃあいねえよ」

「まだ別にひとりいるのか？　どのような者だ」

人気役者かなにかであろうか？　それとも〝げんこつ咲く良〟と同様、喧嘩の強い蓮っ葉か？

小野寺は想像を巡らせたが――、

「おめえも知ってる名前だよ」

いずれも違った。憎々しいあの名であった。

「武家娘に人気の〝桔梗様〟。――あの吉良桔梗之介が、もうひとりさ」

「あやつか！」

なんでも咲く良とあの色男は、江戸の娘たちの人気を二分しているという。

〝げんこつ咲く良〟は町人娘に贔屓筋が多い一方、〝桔梗様〟は武家——それも、さほど身分の高くない武士の娘が、主な贔屓筋であるのだとか。

(……つまりは、八重のような娘たちか)

小野寺の妹は、まさしく『さほど身分の高くない武士の子』だ。

やはり八重と同じく、稽古ごとで桔梗之介と会い、そのまま贔屓になるらしい。

「では、あの男、八重以外にもあちこちで武家娘をたぶらかしているというのだな? ますます許せぬ! ——それと咲く良よ、つまりお前は吉良桔梗之介のことを前から知っていたのか。なぜ黙っていた」

「ワリィな。おめえがうろたえてるところが面白くって、見てるうちについつい言いそびれちまったンだ」

「面白い? 妹を想う兄の姿が、それほどまでに滑稽か?」

「マア滑稽つったら滑稽さァね。けど悪かったと思ってるよ。——だから詫びがわりに、あの桔梗サマのことも探ってやったンじゃねえか」

空地に集めた娘たちの中には、咲く良と桔梗之介、両方を贔屓にしている者もいた。

意外に小狡いこの狸娘は、それとなくあの色男のことを訊ねてくれたのだ。

「それは、たしかに助かったが……」

「だろォ？」

だが、逆もあり得る。

両方を贔屓にする娘たちから『咲く良に桔梗之介のことを訊ねられた』と、当人に伝わることも考えられた。

「桔梗之介めは、いつ、こちらの動きに気づくと思う？」

「さぁね。もう気づいてるかもしンねえぞ？　向こうも、わっちと同じことができるンだからな」

では、気づいていると仮定しよう。

本日、北町奉行所は辻どげ魔をやっと本気で追い始め、しかも桔梗之介について探っている。これを向こうが知ったとしたら……。

「普通であれば、しばらく静かにするであろうな」

「けど普通じゃねえなら、お構えなしに動くだろうよ」

同感だ。あやつの細い薄笑い、悪戯者のするものだ。

奉行所や〝しゅうとめ重吾〟に追われていると知ってこそ、派手な動きをするかもしれぬ。

五

夜四つ（午後十時）。空に月はなかったが、どうせ晦日の一夜前。出たところで新月間近のかぼそい月だ。

闇の中、上野の御池は今夜も蓮探しの宴で賑わっていた。界隈では三味線の音や小唄の声が夜通し聞こえ、煮売り屋台から料理の匂いがぷうんと漂う。

今年のいちばん蓮は未だ見つかっておらぬというから、もうしばらく宴の日々は続くであろう。酒や料理を商う者たちは嬉しかろうが、そうでない近隣の者らは夜うるさくて堪るまい。

そんな声や匂いに誘われ、また四つの人影が御池へ向かう。

うち三人は武家姿。見たところ百石そこいらの旗本とその用人といったところであろう。最も立派な身なりの五十男に、家来らしき侍二人が付き添っていた。——残りひとりは商家の若い奉公人。提灯を手に武士たちを案内していたが、なぜか乗り気でないようで、始終渋い顔をし続けていた。

闇深い夜更けは、秘密の饗応で賑わう刻。

周りから顔が見え難いのをよいことに、大尽衆が本来つながりを持つべきでない者を密かにもてなすのだ。

だが、男たちが歩く中……。

「――あいや、待たれい」

道の真後ろより、声をかけてきた者たちがいた。

ふり返ると、そこにいたのはふたり組の侍であった。一同は、ふたりの姿を見てびくりと身を強張らせる。

ふたりは武芸の達人なのか、はたまた歌舞伎役者の変装なのか。やたら姿勢がしゃんと正しく、決してぶれることがない。

だが、それ以上に一同を緊張させたのは、ふたりの顔。

ふたりの顔は、いずれも能面。それぞれ翁と般若の面をかぶっていたのだ。

しかも念入りなことに、頭に手ぬぐいを巻いて髷を隠した上で能面をつけていた。

これは単に容貌を隠匿するというだけでなく『決して素性は明かさぬ』という強固な意志を示すものでもあったろう。

こんな夜更けに、顔を隠した男がふたり。宴の余興に向かう途中であったというのか。

さもなくば辻斬り、辻盗人(ぬすっと)？　はたまた恨みによる闇討ちか？

侍三人はいつでも刀を抜けるよう、それぞれ己が左腰へと意識を向ける。

——しかし能面ふたりは構いもせず、面越しのくぐもった声にて言葉を続けた。

「貴殿、公儀普請方(ふしんかた)、野島典明(のじまてんめい)殿とお見受けいたす」

野島と呼ばれた五十男の侍は、

「…………」

と、ただ無言。狼狽(ろうばい)で声が出なかっただけだが、沈黙こそが当人の証(あか)し。もしも別人であったなら、焦っていようと『違う』と否定していよう。

能面たちも、この者が野島典明であるという確証を得たらしい。

なので、ふたりのうち翁面の方の男は——、

「どうか、この通り」

下げた。頭を。

両掌と膝も地べたについて。

土下座であった。

つまりは、このふたりこそが辻どげ魔。――〝どげざ翁〟と〝かたな般若〟であったのだ。

〝どげざ翁〟の頭は、ひどくゆっくりとした動きで下げられた。

遅い。立った位置から地面まで、頭がつくまで果たして幾つ数を数えることができたであろうか。まるで沈んでいく日を眺めるがごとし。

だが、これはあえての遅さ。相手に土下座の動きを、しかと見せつけるためのゆ、る、りであった。

能楽の技である。

遅々とした動作によって観客の刻感覚を狂わせ、操り、弄ぶ。――今、武士三人のまわりでは、刻は何倍にもゆっくり進み、永遠すら垣間見えていたに違いない。

名づけるならば〝夢幻能の土下座〟。

刻を操るこの土下座は、悠久無間の中にて相手の罪を悔いさせるのだ。

野島典明ら武士三人は、刀に手を伸ばそうとした体勢のままで凍てついたように動けない。――最も若い侍などは、がくりと膝から崩れて、その場に倒れて気を失った。

ただ、ゆっくり土下座をされただけというのに。

この男、おそらく剣の腕が立ち、警固役として連れて来られた者であろう。だからこそ〝夢幻能〟の威（ちから）がもっとも強く伝わったのだ。

一方で、案内役である商家の奉公人は、意味がわからずぽかんとするのみ。武芸も作法も縁遠い町人には、逆に効き目のない威であった。

野島ともうひとりの家来は太平時代の武士らしく、いずれも武芸を修めたというわけでなく、かといってまるっきり縁遠いというほどでもない、といった具合らしい。そのため最初のうちこそ立ち尽くしていたが、やがてハッと我に返るや、

「——ふざけた真似を！」

「——貴様、愚弄するか！」

と剣を抜く。

まずは主（あるじ）の野島が抜き、釣られて家来が抜いた。腕の劣る者から抜刀した——いや、〝どげざ翁〟に抜かされたのだ。

と同時に——、

——ばしっ、ばしりっ

鈍い音が夜闇に響いた。

土下座をせずに立っていた、もうひとりの能面侍〝かたな般若〟の鳴らしたものだ。素早く大刀を抜くや、武士らの肩を斬ったのである。

ただし峰打ち。

殺さず、再起できぬほどの大怪我もさせず、しかし痛みで動けぬよう。そんな絶妙なる加減の打撃であった。

野島典明とその家来はウウッと呻き、夜露で湿った地面に転がった。

「野島殿、なにゆえの仕打ちかご存じでござろう？　以後〝失礼〟を改めぬなら、我ら再び貴殿のもとに参りましょうぞ」

〝かたな般若〟は剣を鞘へと納め、〝どげざ翁〟は地から立つ。

これにておしまい。辻どげ完了。能面ふたりは動かぬ武士たちを残したまま、夜の闇へと去っていく……。

はずであった。

だが、能わなかった。

ふたりが数歩駆けたところに別の人影が立ちはだかったためである。

「——北町奉行所が同心小野寺にござる。おふた方、神妙になされよ」

廻り方同心序列四位、小野寺重吾。

〝しゅうとめ重吾〟が、そこにいた。

六

小野寺が辻どげの現場に居合わせたのは、決して偶然などではない。

尾行名人の辰三に、ある人物を見張らせていたおかげであった。——すなわち、吉良桔梗之介を。

咲く良の集めた娘のひとりから桔梗之介の居場所を聞けたため、すぐさま辰三を遣って見張らせたのだ。

その後、この色男が夜更けにいずこかへ出かけると知り、小野寺と小者ふたりは闇に潜んで追い続け、今に至るというわけである。

尾行下手の小野寺でも、名人辰三と共にであれば、相手に知られることなく後を追えた。なにせ見つかるような動きをしそうになれば、この厳しいつるつる猪めは、無言で肩を摑んだ上で、じろりと睨みつけるのだ。

　ずっと胃の腑が痛くなる思いであったが、ここから先は剣の出番。いつまでも小者ばかりに大きな顔をさせてはおけぬ。

「辰三、咲く良、下がっておれ」

　声をかけると、ふたりはそれぞれ、

「へい」

「へえへえ左様で」

　と応えて、後ろへ下がった。

　相手は達人剣士の桔梗之介だ。荒ごとの苦手な辰三はもちろん、喧嘩自慢の咲く良であろうと邪魔になる。十手や徒手で傍に寄られては、思い切りよく剣を振れぬ。

　両名とも、それをわきまえていたため素直に言に従った。——といっても咲く良は不服であるらしく、渋々ながらのふくれっ面ではあったのだが。

（しかし、桔梗之介が本当に辻どげ魔とは……。自分で疑っていたことではあるが、それでも信じられぬものであるな）

　名家の一門に属する武士が、このような罪に手を染めるとは。

小野寺は能面の侍ふたりのうち、先ほど見事な剣技を見せた〝かたな般若〟を睨めつける。

「吉良桔梗之介殿、貴殿であろう?」

決して姿勢がぶれぬはずの能面ふたりは、桔梗之介の名を呼ばれ、ぴくり、と刹那の反応を示した。

動いたのではない。気を——剣気や土下座気とでもいうべき気迫を、小野寺へと向けたのだ。

これは未熟さゆえの気の乱れではなく『名を呼ばれて応ぜぬは非礼。いわんや呼ぶのが敵においてをや』という戦場作法の実践である。

戦場にて名前を呼ばれて返事をせねば、死んだか逃げたと思われる。味方に戦況を見誤らせる裏切りであり、呼んだのが敵であるなら討ち取らなければ武門の恥。

小野寺の鋭き視線を受けながら〝かたな般若〟は、その場より一歩前へと出て、

——すらり
と抜いた。

ひとたび鞘へと収めた剣を。

町奉行所の同心が相手というのに。

まして目の前に立つのは北町最強の剣士〝しゅうとめ重吾〟であるというのに。

（やはり、来るか）

昼間、竹刀とはいえあれほどの腕を見せたのだ。庭での稽古仕合に引き続き、今度は真剣にて勝利を収め、この場を切り抜ける気であるらしい。

またも剣は中段、正眼の構え。刀身は地平に対してぴたりと垂直、切っ先はちょうどこちらの目の高さ。――立ち方も、まさしく三位。真っ直ぐ立ち、正しく立ち、綺麗に立つ。

前回と同じ構えであったが、真剣であるためか昼よりさらに美しい。これほど見事な正眼を小野寺は初めて目にした。まるで職人が物差しで測って拵えたかのようではないか。

（ならば――!!）

小野寺も応じて剣を抜く。

こちらは、昼とは異なる構え。

右手に大刀、左手に十手。強敵相手か大勢相手のときのみ使う、片十手の二刀流であった。

この剣豪同心にとって、奥の手ともいえる構えであったのだが……。

(……しくじったかもしれぬ)

目の前にある正眼の剣は、愚直なほどに基本に忠実。それゆえ一切隙が無い。前も同じ構えを見たというのに、こたびは真剣ということもあり、改めてその威を思い知らされる。——虚飾を排した基礎中の基礎。あまりに堂々。色男の剣は、顔を隠してなお美麗というのか。

自分は、それに対して変化の構え。行儀の悪い姑息な剣だ。

思わず、自身の剣を恥じ入った。

そんな心胆の隙を衝くかのごとく——。

動いた。〝かたな般若〟が先を取って。

額に向けて、般若の剣が振り下ろされた。速い。まさしく雷光がごとし。これも正しき姿勢と正しき構えであるがゆえ。刃は逆向き。峰打ちだ。

これを小野寺は、がっし、と左の十手で受け止める。

またもしくじった。右の大刀で受けるべきであった。

左手で受け、右手で攻める——これは二刀使いの基本であるが、この〝かたな般若〟の剣は、左で受けるにはあまりに重く、力強い。

庭での稽古のときと同じだ。般若の剣としゅうとめの十手で鍔迫り合いの形となってしまった。我ながら迂闊。桔梗之介の腕の力は、すでに味わっていたというのに……。

（……いや、腕ではないか。こやつ、膂力自体は決して優れておらぬ）

むしろ普通の男より弱いのではなかろうか。下手をすると鍛えた女人と同程度。

だが、だからこそ強く、怖ろしい。

その正しき構え、正しき姿勢によって、〝かたな般若〟の全身の力と重量はすべて無駄なく剣へと伝えられていたのだ。

怪力の巨漢三人分にも匹敵する力であった。

まして、こちらは左手。このままでは押し切られよう。昼は両手ですら押し負けた。

（まさか昼間の竹刀のように、鉄の十手が折られることはなかろうが……）

しかし左手の骨は別かもしれぬ。手首や指はすでにびりびり痺れていた。

一方、右手は空いている。本当ならば左の十手で刃を停めているうちに、右の剣にてにっくき桔梗之介めを打ち据えたい。

なのに、できぬ。

わずかでも右に力を籠め、体勢や重心を変えたならば、その刹那に左手側は押し負けよう。これでは二刀の意味がなかった。やはり両手で握ればよかったと、今さらながらに小野寺は悔やむ。

——と、そこで弱り目に祟り目。

駄目押しの助太刀であるらしい。桔梗之介の後ろにて、もうひとりの能面〝どげざ翁〟が動きを見せた。

土下座をしようとしていたのだ。

先ほど見せた〝夢幻能の土下座〟を。

今この角度なら、小野寺からは見えるが桔梗之介の目には入らぬ。一方的に夢幻の土下座を見せつけられ、刻を思うがままにされてしまう。

（——いかん、負ける⁉）

小野寺は窮地にあった。土下座であらば剣豪ふたりの立ち合いに、徒手にて立ち入ることができるのだ。

だが……、

「——よさぬか！」

そう声を発したのは、鍔迫り合い中の〝かたな般若〟であった。

相棒に背を向けていたにもかかわらず、相対する小野寺の顔から事態を読み取ったということなのか。それとも真後ろからの殺気や土下座気を察したのか。

助力を拒み、必殺の土下座をやめさせたのだ。

（……今の声は？）

般若の剣に、ほんのわずかに乱れが生じた。

翁の余計な動きに気を取られたのであろう。あるいは咄嗟に声を発したことで、動きがほんの肺尖（横隔膜）一枚分、乱れたためであるかもしれぬ。

いずれにせよ、ほんの一瞬。ほんの刹那。

いや刹那のさらに万分が一。

完璧そのものであった正しき構えと正しき姿勢が、ごくごく短い刻のみ崩れたのだ。

たった一寸の千万分の一のみ。

そして、それを見逃す〝しゅうとめ重吾〟ではなかった。

「御容赦ッ！」

右手の剣が〝かたな般若〟の顔面へと振るわれる。

あえて狙ったわけではない。隙が無く、他に狙える場所がなかったというだけ。峰打ちの剣先は能面の額を叩き、そのまま、

――ぱかり

と般若の面を真っ二つに割った。

「……見事なり、小野寺重吾よ」

出てきた顔は、吉良桔梗之介のものではなかった。

いつぞや見た、桔梗之介の親戚だという老人のもの。――おそらくは高家、吉良式部義房のものであったのだ。

「翁でなく、般若が御高家様であられましたか……。御無礼を」

「否ッ。ここで詫びるは〝失礼〟ぞ」

幕間の肆

刻はわずかに遡る。

野島典明は五十二歳。九十六石取りの旗本である。――この男は普請方の役人であったが数年前、賄賂を取りすぎたために序列を落とされ、大きな仕事には関わることができなくなった。

おかげで出入りの商人たちから相手にされなくなり、彼の贅沢な暮らしを支えていた袖の下には寒風だけしか入らぬ有様。

だが、そんな折り。野島は〝ある手管〟について耳にする。

賄賂をせしめるための手管である。ためしに真似してみたところ上手くいき、今までに三軒の商家を訪れては切り餅（二十五両）をひとつかふたつずつ手に入れることができていた。

この日などは、店に押しかけたところ、

『夜から蓮探しの宴があり、仕度で忙しいのです。また後日に来ていただけますか』

などと抜かすので、

『ならば儂も宴に招かれてやる。その場で金子を渡してもらおう』

と酒まで馳走になることになっていた。

(おそらく切り餅ふたつ、いや三つはせしめられよう。——世間のやつらはいちばん蓮を探して祝儀を十両貰おうと必死になっているそうだが、くだらぬものよ。儂なら宴に顔を出すだけで七十五両手に入るのだからな)

夜四つ。供を連れ、店の奉公人に案内させて宴の席へと向かっていると……、

「——あいや、待たれい。貴殿、公儀普請方、野島典明殿とお見受けいたす」

翁と般若、能面の男ふたりに襲われた。——しかも翁面の方は、野島が近ごろ用いているのと同じ〝手管〟を使ったのだ。

すなわち土下座を。

その後、野島典明らは般若面に叩きのめされ、さらにはその般若面と翁面も〝しゅうとめ重吾〟に捕らわれる……。

伍「泉岳寺どげざ仕合（前編）」

一

町奉行所が扱う咎人は、原則として町人である。

『町』奉行所であるから当然のことだ。武士や僧侶、公家(くげ)などの咎には、それぞれ専門の役所が存在する。

だが、なにごとも原則通りにいかぬのが世というもの。実際には、町奉行所の同心たちの手に依(よ)らねば下手人を探すことは困難であるし、また町人と武士が結託して罪を犯すことも少なくなかった。

なので決して頻繁ではないものの、町奉行所に身分の高い者が引っ立てられてくることはある。

こたびがそうだ。

高家にして旗本千四百二十石、吉良式部義房。

さらには、その親戚である吉良桔梗之介。

このような大物がお縄になると、大変なのは町奉行所の牢（ろう）を担当する者たちである。受け持ちの同心や番人、与力までもが総出となって、牢屋の中を大急ぎで掃除せねばならなかった。

奉行所内の牢は、いざとなったら高貴なる者を入れてもいいよう、小伝馬町（こでんまちょう）の牢屋敷よりやや小ざっぱりとしているが、それでも普段は通常の咎人どもを閉じ込めるのに使っているのだ。綺麗な場所であるはずもない。

もうじき真夜中九つ（午前零時）というのに一同、床を掃き清め、牢格子を水拭きし、窓から風を入れて籠っていた湿気や臭いを吹き散らす。——ちょうど牢がからっぽで助かった。もし先にだれかが入っていたなら、どこへ移すかでもうひと揉（も）めしていたはずだ。

（……これは、恨まれるかもしれぬな）

小野寺は、首の後ろに嫌な汗を掻（か）く。

昼ならまだしも、なぜ夜更けに捕らえてきたのだと、牢を受け持つ者たちは肚（はら）の中で彼に悪態を吐いていよう。

ともあれ四半刻ほど経って掃除が終わり、桔梗之介は牢内へと入れられた。

「桔梗之介殿、町人用の牢ですが御辛抱を」

格子の外から小野寺が声をかけると、内から桔梗は、

「なに、自業自得ゆえ。――兄君殿にこそ、お手間をおかけいたしました」

と白い歯を見せていた。

悪びれず、とはまさにこのこと。手間には礼を述べてはいるが、罪には悔いは無いらしい。

「ときに兄君殿、式部義房様はいずこに？」

「客間におられます。ご高家様ほどのお方、お逃げになられはしますまい」

本当は牢に入れるはずであったが、直前になって与力の梶谷が変えさせたのだ。

これは『高家の恨みを買いたくない』という保身によるものであり、表向きには『老体ゆえに逃げられまい』という理由であった。掃除をした牢の担当たちはぶつくさ不平を漏らしていたが、悪くない判断であると小野寺は思う。

吉良式部は尋常の老人でなく、高齢だからと油断すれば奉行所内にいる者たちを皆殺しにすることすら可能であろう。――だが、それでも決して逃げたりしまい。また、

腹を切って死んだりもすまい。

剣を交わしたからわかる。

あの老武士は逃亡などという恥から程遠い、誇り高き人物であるはずだ。

「そうですか。兄君殿、お気遣い感謝いたします。——といっても式部義房様のこと。きっと『なぜ他の罪人と同じく牢に入れぬ』と怒っておられましょう」

かもしれぬ。それもまた剣を交わしたから想像がつく。

本当に礼にうるさき者というのは、優遇よりも公正を尊ぶものだ。

「桔梗之介殿、式部様のことはご心配には及びませぬ。——それより今は、貴殿とお話をさせていただきたい」

「おやおや、お話とは……。兄君殿は拙者を嫌っていると思っておりましたが?」

小野寺は、思わずむすりと普段に増してへの字口。

この男、嫌われていると知っていて、八重のまわりをちょろついていたのか。

なので、むすりのままで言い返す。

「嫌っているのは無論のこと。妹にちょっかいをかける色男を好きになる兄など、世にはひとりとしておりませぬゆえ」

これを聞き、今度は桔梗之介が口の形をわずかに変えた。

紅を引いたような唇で、薄笑いのまま苦笑い。

牢格子越しに『むすりへの字』と『薄苦笑い』で、ふたりは顔を突き合わす。

「ですが吉良桔梗之介殿――。貴殿や式部様がなにゆえ〝辻どげ〟なぞをしていたか、それがし、おおかた存じております」

「おや」

桔梗之介は、意外そうに長い睫毛の目を見開いた。

初めて、この男を出し抜けた。――と思ったが、よくよく考えてみれば、これは『お前たちに我らの目的はわかるまい』と今まで侮っていたからこその驚きであろう。

あやうく喜ぶところであった。

（しかも、私や奉行所の手柄ではない……。咲く良の手柄だ。あやつの贔屓衆のおかげであるからな）

とはいえ、それでも、わざわざ種明かしをすることもあるまい。正直者の〝しゅうとめ重吾〟には珍しく、隠しごとをしたまま言葉を続けた。

「能面の辻どげ魔ふたり組……。貴殿らは闇雲に人を襲っていたわけではない。襲われた者たちは皆、因果応報でありました」

桔梗の口元から笑みが消えた。白い歯が紅い唇で隠される。

真顔であった。ここから先は真剣な面持ちにて語らねば、ということであるらしい。

——真剣だけあって、その美貌はまさしく研がれた刃のごとし。

「参りました。そこまで突き止めておられましたか。そう、拙者たちが狙った相手はすべて……あれを悪事に用いた侍にございます。つまりは——」

あれ、とは即(すなわ)ち、

「土下座、ですな」

「いかにも。さすがは兄君殿」

さすが、と褒められると面映(おもは)ゆい。

だが、ともあれ。——五月に入ってからのことである。江戸の武士たちの間に、ある種の悪行を働く者らが現れ始めた。

つまりは土下座。

悪土下座。

たとえば、夜道で女郎を買いに行く者や、博打(ばくち)で勝った者を狙い、『懐(ふところ)の銭を寄越(よこ)せ』と土下座する、おなじみ〝辻どげ〟。

また、ある者は商家に押しかけ、賄賂や饗応、借金の帳消しなどを土下座で強要する、名付けて〝押しどげ〟。

　ほかにも飲み代を土下座で踏み倒す〝食い逃げどげ〟に、他者に乱暴を働いて怪我をさせておきながら土下座で済ます〝どげ捨て御免〟。

　――いずれも武士が、町人や商家を相手に為す悪事。

〝かたな般若〟吉良式部と〝どげざ翁〟吉良桔梗之介が襲ったのは、そのような悪土下座に手を染めた者たちであったという。

「それゆえ桔梗之介殿と吉良式部様は、まずは土下座をしたのでござりましょう？『お前たちがしたのと同じく武士の土下座だ。本当にこれを尊いものとするならば、我らの頼みに応じて悔い改めよ。町人に金子も返してやれ』と」

　理屈に依るなら〝どげざ翁〟の土下座に従わなければならぬ。

　だが逆らうのなら〝かたな般若〟が叩きのめす。

　すべては道理が通っていた。――相手方の悪土下座どもも、翁と般若の言い分が正しいからこそ、その場逃れで剣を抜き、そして返り討ちにされるのだ。

「咎はともあれ、理はおふたりにございましょう」

「兄君殿、かたじけなきお言葉」

　桔梗之介は、歯を見せぬまま辞儀をする。

　理解を示してくれたことへの礼として、改めて頭を下げたのだ。――いつものように見事すぎる辞儀であったが、不思議と『斬られた』とは感じなかった。

「ときに兄君殿、図々しいのは重々承知の上ですが……ひとつだけ、お頼み申し上げたきことが」

「頼みごと？」

二

吉良式部義房は、与力に連れられ、奉行所の客間へと通された。

茶と座布団を勧められたが、式部が『この奉行所では盗人や人殺しにも茶を出すのか？』と睨みつけるや与力は逃げるように去っていく。

礼儀を司る高家が相手であるから、与力も礼儀正しくしたつもりであったのだろう。

――この罪人に対して用いるべき〝礼〟がいかなるものであるか、見誤っていたとしか言いようがあるまい。

千代田で煙たがられているこの老人は、特別扱いに喜ぶ程度の人物ではなかった。

もっと上等な侍だ。

奉行の牧野駿河守が部屋に現れたのは、もう四半刻ほど経ってからのことである。

「――いやいやいや、これはこれは御高家様。思わぬところで再びお目にかかりましたな」

とぼけた挨拶であった。

しかも着物はおそらく寝間着の浴衣（ゆかた）。それなりに待たされたというのに、このようにだらしのない恰好とは。

さらには――、

「ふわぁああ……。いや御無礼を。なにぶん夜更けに起こされましたのでな」

などと欠伸（あくび）をかます始末。陰で寝ぼけえびすと呼ばれる牧野駿河守ではあったが、さすがに寝ぼけが過ぎるであろう。

しかし高家吉良式部は落ち着いたもの。与力が茶を出そうとしたときと異なり、怒りを露（あら）わにすることはなかった。

「駿河守殿、それがしをわざと怒らせようとしておるな?」

「はて異なことを。なにゆえ拙者が、御高家様を怒らせようなど」

「それがしが叱れば、貴殿は謝ることができる。それを狙っておるのであろう?」

すなわち土下座。

牧野駿河守と吉良式部、土下座の腕はおそらく互角。——なれば駿河は、いつものように挨拶がわりに頭を下げるのでなく、謝罪という必然の中で『ど』の字をする計略であったのだ。

これならば駿河守は土下座できるが、式部の側には土下座をする理由がない。この『理』の差で勝てるはずであった。

「いやいやいやいや……。さすがは御高家様、すべてお見通しでございましたか」

「無論である。その小細工は気に食わぬが……とはいえ〝失礼〟というまでには及ばぬな」

吉良式部は、牧野駿河を強くは責めず、かといって褒めもせぬ。土下座の必然を与えぬためだ。褒めれば、返礼という理を与えよう。

町奉行牧野駿河守と高家吉良式部。今、ふたりの土下座名人の間には、目に見えぬ駆け引きの火花が散っていた。

「だが、駿河守殿。もし今、貴殿に〝失礼〟があるとすれば——」

「はいはい、なんでございましょうか?」

「それがしのもとに参ったことであろう。この町奉行所では、ただの町人の盗人や人殺しでも、そうやって奉行が直々に接見するのか？」

公正であるべき町奉行の職にありながら、相手が高家だからと特別なはからいをした。これ即ち〝失礼〟。――先ほど与力を叱った、必殺の理である。

叱責を受けた駿河守は、きっと土下座をするであろう。しかし、それは吉良式部が主導の土下座。場の風向き、土下の風向きは式部が握ることになる。いくら〝どげざ奉行〟の『ど』の字といえど、普段ほどの威力は発揮できまい。

だが……。

「いえ、いつもは違います。こたびは、ことさら重大な事件でありますがゆえ」

牧野駿河守は、頭を下げなかった。

それどころか逆に責めたのだ。――こうして寝間着姿のまま直々に出張ったのは、お前が高家だからではない。お前の犯した罪が大きいからだ、と。

またも駆け引き。火花を放つ。

吉良式部には土下座をする理由ができた。しかし今は頭を下げるわけにはいかぬ。なぜなら土下座というものは、犯した罪より大きく謝るからこそ威力がある。たとえば先ほど欠伸を叱責されていたならば『眠そうにして申し訳がない』という土下座は過剰な謝罪。

相手の罪悪感に付け込む『攻めの土下座』になるというもの。

だが、いくら深く頭を下げようと、罪に応じた謝り方では『守りの土下座』となってしまう。

そこいらの者が相手であらばともかく、名人同士で勝てはせぬ。

たとえば、こたび。

あるいは先ほどの駿河の欠伸に、吉良式部が『夜更けに罪を犯して申し訳ない』と土下座しようと、それは罪過に対する当然の謝罪だ。むしろ、まだまだ釣り合わぬ。

ただの駄土下座でしかない。

土下座と土下座の智謀合戦。

謝意も真心も礼も無く、そこにあるのはただ不毛な駆け引きのみ。

その気になれば、お互い果てしなく、この〝どげざ千日手〟を続けることも可能であったが……、

「やめよう。話が進まぬ。——当方の〝失礼〟であった」

先に千日手を捨てたのは、吉良式部の側であった。

一切頭を下げることなく言葉で悔いたのみであったとはいえ、礼儀を司る高家吉良が、自ら（みずか）が礼を失していると認めたのだ。

牧野駿河は不意を衝かれたが、しかし吉良式部は、その隙を衝くような卑なる手を使うような男ではなかった。

「昨今、江戸で土下座をする武士が増えているのを存じておるか？」

もっと真正面から攻めた。

「はい。なんでも悪事に用いているとか……。同心の小野寺より聞かされました」

夕刻ごろ、小野寺の小者の咲く良が突き止めて、百木を通じて報された。

『ど』の字で悪さをする不埒な武士がいることを。――そして能面の辻どげ魔ふたりは、おそらく、そのような不埒者たちを懲らしめているのであろうことを。

「すべては貴殿のせいよ。貴殿が〝どげざ奉行〟として名が知れてから、真似をする者が増えた。武家でありながら土下座を恥と思わぬ者がな」

「それは……」

いつもの寝ぼけえびすから、一切の面相が消えていた。

愛想もなく。笑いもせず。悲しみも怒りもせず。なんの感情も出さぬ顔。――皮肉にも、それは能面のようでもあった。

これこそがこの牧野駿河守、本来の面構えであったのかもしれぬ。

「……まこと、ご尤もにございます」

「ウム。今こそ恥じ入るがよい。――よいか、武門に〝大礼〟あり」

武士たるもの、戦(いくさ)の最中(さなか)に於(お)いては〝大勝〟を重んじ、戦の前後に於いては〝大義〟を重んず。

そして平時においては〝大礼〟を重んじなければならぬ。

武家に生まれたなら幼子のうちに習う『建前』だ。――侍は強き力を持つがゆえ、戦のない太平の世では努めて礼儀正しく、行儀よく、悪を為すことなく過ごさねばならない。そうでなければ世を乱すのみ。

通称〝武蔵(むさし)吉良〟。

この式部義房の先祖が書き遺(のこ)したという書物の、だれもが知る冒頭の一文である。

「では、つまり御高家様は……武門の〝大礼〟のため、辻どげをなさっておられたのですな」

「左様」

「しかし、御自(おんみずか)らそのような……」

本当ならば、しかるべき筋を通じて、目付や町奉行所に取り締まらせるべきであろうに。

それでは遅いと、自ら悪どげ退治に乗り出したのか？

それとも信用ならぬというのか？　ことに〝どげざ奉行〟のいる北町奉行所などは。

いずれにせよ――。

「さすがに危のうござりましょう。いくら御高家様や親戚殿がお強いとはいえ、お怪我や返り討ちの目に遭うこともあり得ましょうに。――いや、それ以上に、こうして騒ぎとなれば御家名や御名誉に傷がつくというもの……」

この牧野駿河の言葉は、純粋に吉良式部とその一門を気遣うものであった。

他意はない。駿河守の性根の優しさから、なんとはなしに出た言葉。

だが吉良式部は双眸を、その長く伸びた眉ごとくわっと大きく見開くや、

「――〝失礼〟千万ッ！」

嗄れ声を雷鳴がごとく轟かせた。

眼光も雷光がごときであったから、こうなると本物の落雷と変わりない。古武士の白髪頭の月代には、稲妻を思わす血管が浮き出ていた。

「卑しくも、武士の〝礼〟を司る高家の一族、武蔵吉良ぞ！　〝大礼〟を自らの手で護れねば、我ら一門一族郎党先祖代々子々孫々、なんの価値が在るものか！　そのた

めならば家も血筋も潰して構わぬ。首でも腹でも知行でも、好きに切り取らせるがよい！」

武士の作法を司る高家でありながら、まさか『家も血筋も潰して構わぬ』などと口にするとは。武士とはなにより家と一族を重んじるものであるというのに。

この老人、本気であった。

平時の〝大礼〟という建前を、すべてを捨てても守護する気なのだ。

牧野駿河守は、それを知り……、

「御見逸れいたしました！」

頭を下げた。

土下座である。

ただし普段と異なり、技量も駆け引きもない純粋土下座。

発した言葉の通り『御見逸れ』したのだ。感服の情によって、心から頭を下げ、顔を伏し、視線を逸らした。

——即ち、敗北に他ならぬ。

つまりは純粋土下座であり感服土下座であり、そして――。

敗北土下座でもあった。

〝どげざ奉行〟牧野駿河守成綱（なりつな）は今、土下座で敗れ去ったのだ。


与力の梶谷は、ひそかに客間を覗いていた。

先ほど、吉良式部の雷鳴がごとき怒声に腰を抜かし、しばし廊下の床にへたり込んでいたのだが、なんとか起き上がってふたたび襖（ふすま）の隙間へ目を近づけた。

部屋の中では……。

（――お奉行が土下座をなさっておられる⁉）

いや、それ自体は普通だ。いつものことだ。

しかし普段の土下座とは明確に異なる。――この梶谷は、牧野駿河守の土下座について、さほど理解のある方ではなかった。奉行の多彩な土下座の技も、違いがあまりわかっていない。

だが、そんな彼すら見れば察した。

この土下座は、負けたがゆえにする『ど』の字であった。

（なぜだ……？　俺は、このお奉行のことを好きでないはずというのに……）

むしろ嫌っていたはずなのに。

ずっと『早く別のお奉行に替わってくれぬものだろうか』と思っていたはずであるのに。

（なのに、なぜ、これほどまでに悔しいのか……!!）

〝どげざ奉行〟の敗北土下座を前にして、梶谷はなぜかぎりりと歯嚙みした。

敗北土下座の牧野駿河守と、双眸の眼光まぶしき吉良式部。

しばしの間、ふたりは共に無言のままであったが、

「――駿河守よ」

襖の外でぎりりと異音が響く中、老武士は告げる。

「貴殿、土下座を捨てよ。〝どげざ奉行〟のせいで増えた悪土下座ならば、その〝どげざ奉行〟が過ちを認めることで、世の失礼者どもも悔い改めることであろう。これ即ち、天下のため、民のためぞ」

完璧なほどに理があった。

少なくとも与力の梶谷はそう感じるべきであったはず。奉行嫌いの彼は常々、酒を飲むたび似たようなことを周囲にこぼしていたのだ。

ただ悪口のための、己の信じておらぬ理屈であったが、高家という権威がお墨付きを与えてくれたのだから喜ぶべきであったろう。なのに――。

（なんと、お奉行に『ど』の字を捨てよとは……!!　得心いかぬ！）

なぜか怒りが湧いてきた。

己と同じ主張をしている眼光鋭き老人に。

（お奉行、なんと答えるおつもりか……？）

固唾を呑んで見守る中、ずっと頭を下げ、畳に額をこすりつけていた北町奉行は、ゆっくりと顔を上げたのち……、

「――否。お断りいたします」

拒んだ。一分(いちぶ)の隙もない理(ことわり)を。

与力の口から、よしっ、という声が思わず漏れる。――梶谷だけではない。同じように別の襖の隙から覗いていた他の与力たち数名も皆、一斉に声を漏らしていた。

「ほう？　駿河よ、天下のため民のためというのに土下座は捨てぬと申すか？」

「いかにも。それがしとて天下のため民のため、そして江戸の町のために、日々恒ど、げておりますれば」

「ふん。貴殿はそう答えると思っておった。ならば——」

高家の老武士は、再び双眸をかっと見開き、瞳の雷光を閃かせる。

と同時に、雷鳴がごとき怒声もまた奉行所中に轟いた。

「ならば〝土下座だめし〟よ！　牧野駿河ッ、儂と土下座で勝負せい！」

武士の礼儀作法を司る高家とは思えぬほどの。

そして齢七十の老人とは思えぬほどの。

あまりにも野蛮で雄々しい申し出であった。

「それと駿河よ、ひとつだけ頼みがあるのだが……」

三

吉良式部の声はあまりに大きく、奉行所内で耳にせぬ者はいなかった。

〝土下座だめし〟という言葉は、だれにとっても初耳であったが、それでも意味はおおよそわかる。

つまりは決闘。

なんらかの方法にて土下座の勝負をし、ふたりの決着をつけるというのだ。

奉行と高家、ふたりの土下座名人が。

この真夜中まで奉行所に残っていた者たちは高家吉良式部の声を聞き、そのうち多くが、

『──お奉行、がんばれ！』

と、奉行に胸の内で声援を送った。実際に声を出した者もいた。

一方で、与力の梶谷のように、

（はて……？　なにやら妙だぞ。なぜ俺はお奉行の応援をしているのだ？　常々、お奉行の土下座には反対であったというのに）

と、早くも我に返りつつある者も少なからずいた。――だが、それでも梶谷を含めて誰ひとり、わざわざ余計なことを口にして水を差したりはしなかった。
ともあれ――。

「お奉行、小野寺でございます」

「うむ。入るがよい」


とうに真夜中九つ半(午前一時)も過ぎたころ。

小野寺は、奉行の部屋へと呼び出された。

「吉良桔梗之介とやらは、もう牢から出したか?」

「はっ。つい先ほど御高家様と連れ立って、奉行所から帰っていきました」

わざわざ上野から引っ立ててきた吉良式部と吉良桔梗之介だが、両者とも身元は確かで今さら逃げたりせぬだろうと、一旦放免することとなった。

牢の担当たちは『せっかく掃除したというのに、もう出してしまうのか』とぼやいていたが、やむを得ぬこと。

吉良ふたりには〝土下座だめし〟の仕度があるのだ。

吉良式部の指定した日時は、明日正午。――それまでに場所や道具を、式部と桔梗で用意しておくという。

その〝土下座だめし〟というものに、いかなる仕度が必要なのか小野寺は知らぬが、刻限まではたった五刻半。大急ぎになるであろう。

「ときに――。お奉行は〝土下座だめし〟なるものを御存知であられましたか？」

「いや知らぬ。御高家様から聞かされ、初めて知った」

ならば小野寺と同じというわけか。

彼は牢で吉良桔梗之介と話していたが、突如響いた吉良式部の大声で、そのような勝負があると知った。

「〝どげざ奉行〟と呼ばれた儂だが、まだまだ土下座について知らぬことがたくさんあるようだの。いや、驚いた。世の中知らぬことだらけだ。ためになる」

ためになる、とは『今後の土下座のためになる』ということであろうか。

いずれにせよ、世の中知らぬことだらけで驚かされるというのに異論はなかった。

「どのように勝負をするのか、御高家様よりおおよそ伺ったが……。いや、驚いた。

小野寺は聞いておるか？」

「は……。こちらもおおよそ、桔梗之介殿より」

そもそも鎌倉武士ではあるまいし、今の時代の武士が決闘でなにかを決すること自体が野卑野蛮。礼儀作法を司る高家武蔵吉良氏の申し出ることではない。

だが、実際にどう勝負をするのか桔梗之介の口から聞かされて、

(――思った以上に野蛮であるな⁉)

と心底、呆れた。

まさか土下座の勝負というのに、そのようなことを……。

「お奉行、やはりお受けになるので？　この勝負、受けずとも恥ではございませぬ。莫迦げております」

「かもしれぬな」

「では、今からでも断られてはいかがでございましょうか」

「いや……」

奉行は左右にかぶりを振った。――この人物も、ときには下以外の方向へ頭を動かすことがある。

「勝負は受ける」

「なにゆえでございますか？」

穏やかな気性で、暴を好まぬ、この牧野駿河守が、なぜ野蛮な勝負をせねばならぬ

のか？　なにゆえ〝土下座だめし〟をするというのか？

それは――。

「儂が〝どげざ奉行〟であるからだ」

だから受ける。

〝どげざ奉行〟〝どげざ駿河〟と呼ばれた男は、土下座で決して逃げはせぬ。

奉行は真っ直ぐ前を――目の前の小野寺を見据え、そう答えた。顔はわずかたりとも下を向いてはいなかった。

（……やはり、お受けになるか）

小野寺は、口では反対しつつも、奉行は逃げぬと知っていた。

「小野寺よ。御高家様から、最も剣の腕が立つ者を連れてくるよう言われておる。悪いがお主に来てもらうぞ」

「恐悦至極。誉（ほま）れの極みにございます」

頼まれずとも、とうに覚悟はできている。

桔梗之介から聞いていた。〝土下座だめし〟とは二対二の合戦。最も土下座に優れた者と、最も剣に優れた者が、ふたり一組となって争うのだと。

ならば、この〝しゅうとめ重吾〟の出番というもの。

腕が鳴る。因縁深い桔梗之介とも、この機に決着をつけてくれよう。

「うむ。小野寺、頼んだぞ。――それと、もうひとつ。御高家様から頼まれごとをしておってな」

「頼まれごと？」

そういえば、桔梗之介からも頼みごとをされていた。

果たして、その中身とは……。

「なんでも御高家様たちは土下座で悪事を為す者どもを探すのに、吉良桔梗之介を贔屓にする娘たちの手をお借りなさったのだとか」

「は……」

あの桔梗之介は咲く良と同様、江戸中に大勢の贔屓筋がいる。そのうちの、たとえば武家の娘や、商家の女中などから、

『――父の知己が、土下座で借金を踏み倒したらしい』

だの、

『――うちの店が、土下座で強請（ゆす）られて困っている』

だのといった話を、あれこれ集めていたという。

「それで御高家様の頼みというのはな、その贔屓筋の娘たちよ。成敗された悪どげど

もに万が一にも仕返しなどされぬよう、気を配ってやってはくれぬか？」

「なんと……!!　はっ、無論にございます。娘たちの名は念入りに伏せ、身の回りもそれとなく見廻りいたしましょう」

それは、小野寺が桔梗之介から託されたのとまったく同じ頼みであった。

武蔵吉良の一門にとって、これこそが平時の武士が重んじるべき〝大礼〟の心であったのかもしれぬ。

（吉良式部様と吉良桔梗之介……。おそらくは、予想をさらに上回る強敵であろう）

なぜかは知らねど、そう感じた。

四

翌朝、明け六つ（午前六時）。

空は晴れ。雲ひとつない。爽やかすぎるほどの青一色。

小野寺重吾は日の出と共に目を覚まし、いつものように庭で木刀の素振りをする。

ただし、意味はいつもと違う。──普段の素振りは日ごろの鍛錬であり、いざという日のためのそなえに過ぎぬ。

今朝は違った。今日こそが『いざという日』だ。

正午の決戦で全力が出せるよう、体を温め、筋を伸ばし、気を高めるための素振りであるのだ。

（しかし、晦日に勝負とは……）

今日で五月は終わる。北町奉行所の月番は終わり、明日からは南町へと交代する。

奉行所勤めにとっては本来なら机仕事で忙しい日だ。

ことに小野寺は、ここ数日、辻どげ魔を追っていたため、申し送りの書き付けをろくに作っていない。

このままでは宿敵である南町同心〝花がら孝三郎〟に、口頭で申し送りをせねばならぬ。あの男とは顔を合わせずに済ませたい。きっと厭味を言うであろう。

（いや……。勝負のあとのことを考えるのは〝失礼〟であるか）

まして己が五体無事で生き延びるのを前提にするなど無作法極まりないというもの。

命がけの決闘であるのだ。身分に対してではなく命に対して礼を失する。

そもそも、それを抜きにしても――、

（御高家吉良式部様と桔梗之介が相手の〝土下座だめし〟だ……。無事どころか命があれば冥加というもの）

土下座で命を落とす、とは。

つい数か月前なら小野寺は、笑い飛ばすか、ふざけるなと怒っていたはず。――しかし今は違う。〝どげざ奉行〟と出会い、その『ど』の字を目にしたのだ。

土下座は人を殺す力を持つ。

土下座がその気になれば、いかなる剣の刃よりも鋭く、侍の腹を斬り、町人の首を刎ねることができる。

大筒でも届かぬ城壁の奥深くを撃つこともできるし、百万本の火矢にも耐える町を灰すら遺さず焼き尽くすこともできる。

ほかならぬ〝どげざ奉行〟牧野駿河守成綱に、それを知らしめられたのだ。

「――おッ。しゅうとめ、やってやがンな？」

視界の端から声をかけてきたのは、寝起き姿の咲く良であった。

本当に起き抜けであるらしく、髪はクシャクシャ、着物も寝間着の白襦袢。布ごしに肌の色が淡く透けていた。

集中で神経が研ぎ澄まされているので、瞳を向けずとも姿は鮮やかに頭へ届く。

「咲く良よ、そんな姿で庭に出ると、また八重のやつめに叱られるぞ」

「なァに、おめぇが嬉しくて元気が出るかと思ってさ。わっちなりの応援よ」

この娘と辰三には夜中のうちに〝土下座だめし〟のことを伝えていた。

負けたら死ぬかもしれぬとも。いずれも寝ているところを訪れて、わざわざ起こして話をしたのだ。

土下座勝負で死ぬかもしれぬと耳にして、咲く良も辰三も、莫迦莫迦しいと笑いもせず、やめろと止めることもなく、ただ神妙な面持ちにて『勝ちな』『お勝ちくだせえ』とだけ小野寺のことを励ました。

よい小者、よい十手持ち、そして、よい友であると嬉しく思う。素振りをする手に力が籠った。

「オッ、気合い入ったな？　襦袢くれぇ見せてやるもンだな」

なにやら誤解があったらしい。

小野寺は思わず苦笑い。今度は逆に、肩から余計な力が抜けた気がした。

しばらくして朝餉（あさげ）となる。――いつものように、兄と妹、小者の辰三と咲く良、辰三の養女であるおすゞの五人。

膳の上には、のし烏賊、打ち鮑、平たいままの昆布、さらには搗栗。

奇妙な献立であった。朝から豪勢ではあるが乾物ばかりで、しかもいずれも縁起物。

まるで、だれかの結納か、あるいは……。

「八重よ、これはどうしたのだ？」

この妹、今朝はずっと兄と目を合わせぬようにしていたので、まだ機嫌を直していないのかと思っていたが、どうやら違っていたらしい。

小野寺の問いに、むすりとしたままの顔で返事をする。

「大事な勝負があると聞き、夜明け前から店に無理を言って揃えてもらいました」

なるほど。結納でなくば、戦国の武人が出陣前に食べるような献立だと思ったが、まさしくそれであったとは。

（だが、聞いたとは？　咲く良のやつめか？）

蓮っ葉狸め。いらぬ心配をかけまいと、八重には黙っている気でいたのに。

とはいえ妹とはありがたい。ここしばらく、ずっと喧嘩続きであったというのに、これほどの朝餉を用意してくれるとは。

目を合わせぬのも、顔をむすりとさせているのも、不安や涙を見せぬためであったのだろう。

「八重よ、すまぬ……」

「もっと、うんと謝ってくださいませ。咲く良さんの口がもう少し固ければ、わたくし、今でも知らないままであったのでしょうから。——いつぞやみたいなことは御免です」

「うむ、そうであるな……」

兄妹は、己が父母のことを思い出す。——十三年前のあの日のことがあったからこそ、小野寺は黙って死地に向かおうとし、八重は逆に黙ったままでは行かせまいとしていたのだ。

「すまぬ、八重……。それと、もうひとつ謝らねばならぬことがある」

「なんでしょう?」

「こたびの勝負の相手、あの吉良桔梗之介殿なのだ。——私が勝てば、お前の大切なひとを奪ってしまうかもしれぬ」

小野寺の言葉に、八重はこの朝初めて兄と目を合わせた。

睨んでいた。きっ、という鋭い視線で。

「それがなんだというのです! 兄上は、正しき理由があって勝負に挑むのでございましょう？　ならば、わたくしのことなど気になさいませぬよう」

「……よいのか？」

「無論です。同じく、きっと桔梗様も覚悟の上。——なので、わたくし、どちらが勝って、どちらになにが起きようと、どちらも決して恨みません」

妹の目は赤かった。

寝ずに夜通し泣いていたのだろう。声には決意が満ちていた。

五

その後、小野寺は小者ふたりを連れて屋敷を出る。

「咲く良よ、どうして八重に今日のことを話した？」

「あァ？　その方がいいと思ってよ。迷惑だったかい？」

「いや……。助かった」

自分の了見が間違っていた。

黙って帰らぬままとなったら、あの世で悔いていたであろう。

「それでは私は奉行所へ向かう。辰三と咲く良は、縄張りの見廻りをせよ」

小野寺が命ずると辰三は、

「へい、そのように」

ぶごーと猪鼻を鳴らして素直に従い、一方、咲く良は意外なことに、

「あいよ。任せな」

と、やはり素直に従った。

「……驚いたぞ」

「なにがだよ？」

「お前は〝土下座だめし〟を見たがると思ったのだがな」

「マアな。物見高い性分なンで、本当ならそんな珍しいモンはぜひ見てぇさ。おめぇがどんな顔して土下座の勝負なんかすンのか気になるし」

「では、なぜ素直に従う？」

「なぜもなにも、おめぇが見廻りしろって言ったンじゃねぇか。——別に、勝負に合わせて上野が暇になるワケじゃねぇしな。しゅうとめが留守な分、わっちと辰三どんで町を廻ってやンよ」

「そうか……」

この蓮っ葉狸、思ったよりも聞き分けがよい。

縄張りを憂えることなく〝土下座だめし〟に挑むことができそうだ。

（私のことはともかく、父であるお奉行の身は案じるものと思ったが……）

子供のころから顔を合わせていないから、さほど情はないというのか。

あるいは肚が据わっているのであろうか。

やがて道で小者ふたりと別れ、奉行所の前へと着くや、

「――おおい、小野寺様が参られたぞぉ！」


門番が、目を輝かせながら声を上げた。

すると、すぐに廻り方以外も含む他の同心らや、一度も話したことのない与力たち、さらには裏門の番や女中までが、わあっと一斉に集まり、小野寺をぐるりと囲む。

「――〝土下座だめし〟頑張れよ」

「――負けるでないぞ」

「――北町の矜持を見せてやれ！」

土下座が北町の矜持（きょうじ）であるのかはともかく、これほど人から持て囃（もてはや）されたのは小野寺にとって生まれて初めてであった。

土下座とはいえ、北町の面子をかけた勝負に、奉行と共に赴くのだ。当然といえば当然のことかもしれぬ。

やがて少々遅れて、目玉ぎょろりの廻り方同心序列一位の百木と、廻り方受け持ち与力の梶谷が姿を現す。

浮ついた他の者たちと違い、こちら二名の面持ちはまさしく真剣そのものであった。

「小野寺よ。本日のいくさ場、高輪の泉岳寺と決まったぞ」

曹洞宗萬松山泉岳寺。

いわゆる赤穂四十七士の墓所があるので知られた寺だ。またも忠臣蔵である。

もともとが松之廊下で始まった一連の騒動、決着をつけるには相応しき場所であるかもしれぬ。

六

同じころ。八丁堀の同心屋敷。

小野寺重吾の妹八重は、仏壇の前にて正座していた。

今日は兄が帰るまで、ひたすら父母に手を合わせるつもりでいたのだが……。


「――オウ妹殿ォ、悪ぃがチョイと来ちゃあくンねぇかい？」

敬虔(けいけん)な祈りは、がさつな声で中断させられた。

「なんです咲く良さん。御役目に行かれたんじゃなかったんですの？」

「これからさ。おめぇもわっちと来てもらいてぇ」

「わたくしが？　どうして、わたくしを御役目に？」

「ま、道すがらに話してやんよ。行き先は上野だ。仕度しな」

あまりに突然。しかも、ろくに説明もない。

さすがに八重も渋っていたが――、

「おめえの兄貴と、吉良の桔梗サマのためなンだよ」

兄と朋友(ほうゆう)のためと聞けば、断る理由はなにひとつなかった。

「斬った張ったになるかもしンねえ。動きやしぃカッコになンな」

「この着物で結構。すぐ行きましょう」

幕間の伍

「それで、わたくしはなにをすればよろしいんですの？」

八重の問いに蓮っ葉狸は、

「とりあえずは、いっしょにいてくれるだけでいい。わっちといりゃあ、やつらも手出しできねぇかンな」

と妙な返事をした。

「……？　わたくし、だれかに狙われてますの？」

「オウ。吉良の桔梗サマの贔屓筋にな」

「桔梗様の？」

「近ごろ、あいつと仲いいだろ？　この屋敷にも遊びに来たしよ、贔屓にしている連中にゃあ、面白くねぇ。おまけに桔梗サマと兄貴のしゅうとめが、それぞれ御高家サマとお奉行サマの付き添いで決闘すンだ。贔屓筋が堪忍袋の緒を切らす頃合いさ」

　これまでは同心の身内であり、住んでいるのも同心だらけの八丁堀とあって手出しを控えていたようだが、そろそろ我慢ができなくなるはずだ。

「わたくし、恨まれていましたのね」

「マアな。もし、おめぇになにかあったら桔梗サマのやつにも迷惑がかからァ。あいつに迷惑かけたくねぇだろ？　──あと、これに乗じて、わっちの贔屓筋もついでにおめぇを狙ってくるかもしンねえ。わっちと妹殿も仲良しだかンな」

「そちらは、あなたがちゃんと誤解を解いてくださいませ！　だれとだれが仲良しというのです！」

「ははッ、そうかい？　ま、とにかく、他にもいくつか思惑はあるが、そのへんが主な理由だな。──わっちはこれから悪ィやつらを探して、とっ捕まえに行くンだが、ついでにおめえも守ってやンよ」

　これは八重には面白くなかった。いっしょに来いというから御役目の手伝いかと思ったら、まさか『守ってやンよ』とは。ぷくりと両の頬が膨れだす。

「では、せっかくなので同行させていただきます。──ですが油断なさらぬよう。その悪いやつらとやら、わたくしが先に全員とっ捕まえて、あなたのお手柄を横取りするかもしれませんので」

「へっへっへ、言うねぇ。そンじゃ、ふたりで辻どげ魔どもを捕まえようぜ」

陸「泉岳寺どげざ仕合（後編）」

一

　泉岳寺があるのは、北町奉行所から一里半ほど歩いたあたり。江戸の南側の外れである。

　赤穂浅野（あさの）氏の菩提寺（ぼだいじ）であり、吉良上野介（こうずけのすけ）を討ち取った四十七士は、本所の吉良邸から寺にある主君浅野内匠頭（たくみのかみ）の墓所まで雪の中、生首を担いで歩いたという。

　ちょうど逆。

　季節は夏前であるし、天も青空。討ち入りを終えて向かうのでなく、これから決戦に向かうのだ。

　しかも四十七士はその後、切腹して泉岳寺内に葬られたが、小野寺たちにとって、それは望むところではない。

「では小野寺、出るとしよう」

「はっ、お奉行」

小野寺と牧野駿河守は、奉行所を発つ。

奉行は駕籠、小野寺は徒歩だ。ちょうどよい。奉行は疲れることなく勝負の土下座に集中することができるであろうし、小野寺は歩くことでほどよく体があたたまる。

ふたりは駕籠と徒歩で並んで歩くが、その後ろからは与力の梶谷や廻り方同心の一同が、ぞろぞろと歩いてついて来ていた。――加勢のできぬ戦いであると知ってはいたが、それでも共に歩かずにはいられなかったのだ。

これまた、まるで四十七士の行列のようではないか。

とはいえ、廻り方が全員そろって御役目を離れるわけにもいかぬ。

二町ほど歩いたあたりで与力の梶谷は、他の一同に――、

「お主たち、見送りはここまでにせよ。皆、晦日で忙しいはずだ。それぞれ奉行所なり縄張りなりに向かうがよい」

と指図した。

「立ち会いは、ひとりで構わぬ。お主たちの分まで私が勝負を見届けよう」

〝どげざ奉行〟を嫌っていたはずの梶谷であったが、それでも与力としての職分からか、あるいは奉行と小野寺を励ましたいという心よりの想いからか、己は最後まで立ち会おうとしていたらしい。

決闘の立ち会いというのは、屍（しかばね）の片づけや遺族への訃報、寺への供養料の支払い、役所への届け出など、面倒な手続きを山ほど引き受けることになる。

役人根性丸出しで手間を惜しむこの男が、本来、自ら進んで請け負うような役ではなかった。

話を聞いた小野寺は、つい、

「意外でございますな」

と思ったままの言葉を口から漏らす。対して梶谷は――、

「俺とて武士よ」

おそらく照れているのであろう。ぷいっ、と横を向きながら返事をした。

駕籠一挺と武士ふたりは、連れ立って道を歩く。

決戦の地、泉岳寺へと向かって。

もうじき正午。泉岳寺に近づくにつれ、なぜか人出が多くなる。寺のまわりは人で囲まれ、食い物の屋台まで出ていたほどだ。

どうやら〝土下座だめし〟をわざわざ見に来た物見客であるらしい。奉行の駕籠と腰に十手を差した小野寺らの姿を見て、

「──おおーっ」

「──よっ、待ってました!」

「──〝どげざ奉行〟がんばれよォッ」

などと、はしゃいでいた。

苛立たしい。

(暇な者たちよ。しかし、なぜ〝土下座だめし〟のことが知れ渡っているのだ? 奉行所は隠しているはずであるのに)

ふと、あたりを見渡すと、人だかりの端に見覚えのある埃(ほこり)っぽい女を見かけた。

聞屋のじもくであった。髪はくしゃくしゃで、夏近いのに綿入れ半纏(ばんてん)姿。おかげで遠目でもすぐわかる。あの綿入れ女は無精者だが、大きな事件のときにはこうして現

地に自ら足を運ぶこともある。

勤勉なのは感心だが、こたびの場合は――、

（さては、あやつが瓦版で広めたか！）

火付け犯は、自ら起こした火事現場に見物をしに現れるという。それと同じであったのだろう。じもくは小野寺と目が合うや、慌てて人ごみの中へと逃げ隠れた。

やはり、あやつの仕業であったか。

「お奉行、野次馬どもを追い払いましょうか？」

小野寺が訊ねると、奉行は駕籠の中より返事する。

「構わぬぞ。せっかく勝負をするのだ。見ていってもらおうではないか。――それより屋台が出ているのはちょうどよい。駕籠を停めてくれ。そこらで冷や水でも貰うとしよう」

もうじき六月で空も晴れ。駕籠の中は暑かったらしい。

「おーおー」という歓声の中、裃（かみしも）姿の奉行は駕籠を降り、汗ばんだ額を手ぬぐいで拭く。

その後、自ら屋台へ赴き、自分と小野寺と梶谷、そして駕籠かきふたり分の冷や水を買った。

冷や水というのは冷えた水に砂糖や蜜を加えたもので、大抵の店で値段は四文（もん）。この屋台では野次馬客相手のぼったくりで倍の八文もしていたが、後ろで小野寺が睨むや、慌てて、

「看板は間違いで、一杯四文でさァ」

と値下げした。

「小野寺よ、飲め。存外、この一杯が勝負の分かれ目になるかもしれぬ」

「はっ。それでは」

茶碗（ちゃわん）から一口飲むと、暑さと緊張で乾いた口腔（こうこう）に水気と甘味が満ちていく。たしかに飲まねば、暑気のために目が眩（くら）み、敵に遅れを取るかもしれぬ。

冷や水はあまり冷えてはいなかったが、このぬるさも腹を壊さないので丁度よいといえば丁度よかった。

やがて一同ぐいっと飲み干し、一息ついて茶碗を屋台の親父（おやじ）に返すや、

「では皆の者、行くとしようか」

「はい、お奉行」

野次馬たちの大歓声の中、奉行と小野寺らは歩き出す。

こうして姿を見せたのがよかったのか。泉岳寺の門をくぐるころには〝どげざ奉

行〟を称える声が、寺の広い境内に木霊していた。

二

釈迦如来の納まる本堂の前庭にて、高家吉良式部は待ち構えていた。

そのすぐ傍らには吉良桔梗之介。いずれも裃姿である。――このふたり、相変わらず姿勢があまりに美しい。寺の敷地で目にすると、生きた人とは思えぬほどだ。御堂の如来が立ち上がったか。はたまた石灯籠が化けたのか。神々しくもありながら、どこか背筋が寒くなる。

「よくぞ参った、牧野駿河よ」

「ええ。呼ばれましたが故」

吉良式部の威圧めいた挨拶に対し、牧野駿河のとぼけた返し。

傍らの小野寺には、ばちばちという火花が目に見えるようであった。

（お奉行が、どこまでわざとか知らぬが――）

しかし庭の空気は、まさしく張り詰め切っている。

寺門の内側にも大勢の物見客たちが入り込んでいたのだが、この緊張を察してか、表よりも大人しい。――中には桔梗之介の贔屓筋とおぼしき若い娘らもいたというのに、そのような者たちすら黄色い声を我慢している。

庭の縁にて遠巻きに、息を呑みつつ、無言で眺めているのみであった。

「駿河よ、〝土下座だめし〟の作法は聞いておるか？」

「おおよそは」

「ならば、たった今より始めよう」

吉良姓の侍ふたりは、その美しく真っ直ぐな姿勢を保ったまま、庭の中央へと進む。

そして――、

「貴殿らも」

吉良式部に促されるまま牧野駿河と小野寺も、庭の中央へと歩を進めた。

こうして庭に、ふたりとふたり。

吉良式部と牧野駿河守が向き合って立ち、介添え人たる桔梗之介と小野寺はそれぞれの左斜め後方に控える。

両陣の間は、およそ二間。

奇しくも剣術の仕合では、剣士同士はこの距離で立ち合う。――いや。奇しくも、ではあるまい。極めれば土下座も剣も似たようなものであろうから、この間合いは必然であったのだろう。

「よいか駿河。拙者と貴殿、合図と共に土下座をする」

「はい」

〝土下座だめし〟であるのだから、互いに土下座するのは当然のこと。

だが驚愕（きょうがく）すべきは、ここから先だ。

「そして各々（おのおの）の介添えは、同じく合図と共に剣を抜く」

小野寺は昨夜のうちに桔梗之介から聞かされていたにもかかわらず、全身の肌が粟（あわ）立（だ）つのを覚えていた。

「互いに土下座をする拙者と駿河――。双方の介添えは、もし敵陣の土下座に隙あらば、そのまま首を刎ねるがよい」

牧野駿河守に土下座の隙を見つけたならば、その首を桔梗之介の剣が刎ねる。

吉良式部に土下座の隙を見つけたならば、その首を小野寺の剣が刎ねる。

これこそが〝土下座だめし〟。

命がけの土下座勝負の作法であった。

（なんたる野蛮。なんたる乱暴。まるで鎌倉武士――いや、どんな古の武士であろうと、このように土下座で殺し合っていたとは思えぬ）

そもそも『土下座の隙』とは、なにか？

本来、謝罪であるはずの土下座に『隙』もなにもあるものなのか。

いや、それどころか、この勝負に勝ちなどあるのか？　双方同意の勝負とはいえ、高家や町奉行といった大物幕臣の命を奪うのだ。

殺した介添え人も、殺させた主も、悪くて斬首、よくても切腹。

負け土下座側の介添え人も、ただひとり残って生き恥を晒せまい。周囲から腹を切るよう追い込まれるはず。

受けた時点でだれも生き残ることのできぬ争い。——皮肉にも吉良邸討ち入りと同じく、全員の死によってのみ終わる戦だ。

〝礼〟の話から始まったとは思えぬ、あまりに凄惨な勝負であった。

（だが、思ったほどは怖くない……。なにゆえ、これほど心安らかでいられるのだろうな）

覚悟は前からできている。

いつの間にか、粟立った肌も直っていた。

やがて寺の住職が、

――どーん、どーん、どーん

と太鼓を三つ。そして、

「は～じ～め～っ」

という号令が庭に響く。合図が太鼓とは、またも忠臣蔵のよう。

こうして〝土下座だめし〟は始まった。

牧野駿河守と吉良式部。ふたりの土下座名人は、はじめの合図と共に、両者そろって土下座に入る。

庭をぐるりと囲む物見客らは、

『――きっと、噂の早土下座をするのであろう。見逃すまい』

と目を凝らした。

〝どげざ奉行〟の早土下座といえば、巷間でも有名である。噂によれば目にも留まらぬ神速にて頭を地まで下げるのだとか。

対する高家吉良式部も、奉行に劣らぬ土下座の達人。

ならば勝負は一瞬。瞬きする間に決着はついていよう。――見物人たちは見逃すまいと、かっ、と目を見開いた。

小野寺と桔梗之介、そして当人ふたり以外は。

だが、そんな大勢の視線の中、奉行と高家はふたりそろって――、

――ゆるり

と動いたのだ。

遅く。静かに。丁寧に。

(……やはり、遅く下げたか)

小野寺の読み通りであった。

この遅さ、奉行が昨日新たに得た極意。

速さを追い求めるよりも、もっと重んずるべきことが土下座にはある。――そんな気づきに基づいた、いわば、

〝ゆるりの境地〟

とでも呼ぶべき土下座だ。

同時に、吉良式部にとっても遅さは奥義。

能楽の技法を応用し、あえての遅々たる動作で相手の刻感覚を操る、

〝夢幻能の土下座〟


である。

奉行の極意と、高家の奥義。

両者のゆっくりとした動きを前に、見物人の群れの内、幾人かが「ぎゃあッ」と悲鳴を上げた。

素早い動きを予測していたというのに、実際にはこの遅さ。その差異に神経が狂わされたのだ。

目を回して地面に倒れ、嘔吐（おうと）している者すらもいた。船酔い、駕籠酔いならぬ、いわば土下座酔いとでも呼ぶところか。

一方で桔梗之介は酔いも驚きもしておらぬ。――小野寺と同じく、双方が遅い土下

座をすると読んでいたらしい。奉行のゆるりに耐えたのは、味方と同じ手を敵方も使うかもしれぬという用心の賜物(たまもの)であったろう。

奉行と高家は、いずれも美しい姿勢のまま、頭をゆるりそろりと下ろしていく。

両者の額が地に着いたのは、十ほど数えた後のこと。——いや下手をすると、もっとかかっていたかもしれぬ。

いずれにしても、ふたり同時だ。ぴたりと同じ。見物客たちはさらに幾人か失神していた。

と、同時に——、

——すらり、すらり

という鞘の音。

抜いたのだ。小野寺重吾と吉良桔梗之介が。

腰から刀を、双方すらりと。

双方、土下座の左斜め後方にて。

この位置取り、明らかに切腹と介錯人(かいしゃくにん)、あるいは斬首と首切り役人を意識したものであった。だからこそ奉行も吉良式部も裃姿なのだ。――小野寺の構えは、つい介錯人がごとく、そら高い大上段。

だが小野寺がその剣で刎ねるのは、刃の真下にいる奉行の首ではない。

向かいにいる高家吉良式部の首であった。

相手の桔梗之介も同じこと。刃は奉行の首を狙っていた。

だが……。

斬れぬ。打ち込めぬ。いや、それどころか一歩も動けぬ。

（……なるほど、まさしく隙が無い）

土下座して、ぴたりと四角になった白髪の吉良式部は、うんと身を小さくしているにもかかわらず、漆喰塗りの巨城がごとし。

あるいは跳びかかろうと四つん這いで身構える人喰いの白い獣がごとし。

さすがは高家の土下座。刀ひとつで斬り込めば返り討ちの目に遭うだけだ。

そして、おそらくは桔梗之介にとっての奉行牧野駿河も同じはず。向こうは正眼で構えていたが、やはり斬りかかることも踏み込むこともできずにいた。

皮肉なものだ。もし小野寺や桔梗の位置にいるのが剣術のいろはも知らぬ者であったなら、なにも考えずとっくに刀を振り下ろしていたであろう。ふたりが剣の達人であればこそ、土下座の達人に斬りかかれぬのだ。

（高家の土下座、やはり強し……!!　これが、お奉行とおなじく達人の技か！）

十手か脇差も腰から抜いて、二刀の構えになるべきか？　これまで小野寺は、強敵相手には片十手の二刀流にて立ち向かってきた。だが――。

（いや……。ここは一刀でいく。昨夜の愚を繰り返したくない）

昨夜は二刀で〝かたな般若〟に――目の前で土下座する老人に苦戦したのだ。

一対一だ。一刀のみの方がよかろう。

剣対土下座。二刀を用いる意味がない。そう思いながら、敵方の桔梗之介へと目をやると……、

――すらり

眼前の色男めが、左手の白魚にて脇差を抜いた。

御株を奪う二刀流。

右の大刀は肩に担ぐ八相の構え。左の脇差は正眼に。

小野寺は、すぐさま構えの意味を悟る。

（——しまった、一対一ではなかったか！）

大刀が狙うは奉行の首。脇差が狙うは小野寺の命。

この乱れ桔梗は、敵方ふたりをまとめて相手するつもりでいたらしい。

（気概で負けた……!!）

武士として、剣士として、心でまずは一太刀斬られた。

とはいえ、まだ決着には至らない。

先に、心で一本取られたというのみ。〝どげざ奉行〟牧野駿河も〝武蔵吉良〟吉良式部も、未だ隙なき土下座を続けている。

小野寺自身の戦意も途切れていない。道場剣士ではないのだ。手足を失い、頭を割られ、胴を真っ二つにされようとも、命尽きる一瞬まで無謬（むびゅう）のだれかのために戦い続ける。それが廻り方同心というものなのだ。

〝土下座だめし〟は、まだ続く……。

三

同じころ、上野不忍池（しのばずのいけ）へと続く道。

ここしばらく御池はいちばん蓮さがしの宴で連日賑わっていたのだが、今日はほんのわずかに人出が少ない。——なんでも高輪の泉岳寺で大きな催しものがあり、そこに客を奪われたのだとか。

道を行く娘ふたりは『催しもの』がなんであるのかを知っていた。

片や、同心の新米小者〝げんこつ咲く良〟。

片や、同心の妹〝こじゅうと八重〟。

両者とも、その催しものの縁者であった。

「咲く良さん、ずっと気になっていることが」

「なンだよ、妹殿」

「わたくしたち、上野に出たという辻どげ魔を追っているのですよね?」

「オウ、そうさ」

ふたりは、つるつる猪の辰三とは別に動いていた。

咲く良がなにやら勘が働いたとかで、無理を言って勝手に探索をさせてもらっていたのだ。あの仏頂面猪、意外に咲く良の勘を高く買っていたらしい。

「でも辻どげ魔というのは桔梗様たちのことなのでしょう? もう捕まえたじゃありませんか」

ゆうべ咲く良から〝土下座だめし〟の件を聞かされるついでで教えてもらった。

兄の追っていた能面の辻どげ魔が、桔梗と高家であったのだと。

朝売りの瓦版にも書いてあったと、屋敷近くに来た棒手振り（ぼてふ）も言っていたが……。

「違う。そうじゃねぇよ。――桔梗サマたちでなく、いちばん蓮を土下座で横取りした出来事泥棒どものことさ」

「ああ、そういえば」

いろいろ騒ぎが続いたので、すっかり頭から抜け落ちていた。

咲く良の贔屓筋の娘から、いちばん蓮を見つけたという『出来事』を横取りした頭巾の侍ふたり組だ。

「そのふたり組、桔梗様や御高家様とは別人なんですの？」

「そりゃそうさ。あいつら、そンなこたァしねぇ」

言われてみれば、その通りだ。――似たような事件で、いずれも顔を隠した土下座魔であるから混同していた。

だが、たしかにあの凛々（りり）しく恰好（かっこう）よく、江戸中の武家娘たちの憧れである〝吉良の桔梗様〟が、そのようなくだらぬ悪事に手を染めるはずもない。

「咲く良さんがそう教えてくださり安心しました。いえ、出来事泥棒のことは今まで失念していたのですが」

「安心してる場合じゃねぇぜ。そいつら、どうしても今日のうちに捕らえねぇといけねぇンだ」

「今日のうちに？」

急な話だ。これまで何日も探して見つからなかった者たちが、そう簡単に見つかるものであろうか？

「どうして、そんなに急ぐのです？」

「晦日だからさ。今日を逃すと、月番替が替わって北町奉行所は手を出せねぇ」

八重も同心の妹。そのくらいは知っている。

いや江戸に住む者ならば、当たり前の知識であった。

「でも、その分、南町の方たちが頑張ってくれるのでしょう？　兄上の手柄にならぬのは悔しいですが、役所同士で縄張り争いなど……」

「そうじゃねぇよ。その南町が問題なのさ。──ゆうべ百木の旦那から、江戸中の番太と十手持ちに言伝が回ってきたンだ。北町が月番のうちに、ひとりでも多くの悪どげをお縄にしろってな」

悪どげ──つまりは土下座を悪事に使う者たちを。

もし北町が月番のうちに何人かでも捕らえなければ、南町の者たちは、

『〝どげざ奉行〟だから土下座の悪事を野放しにしたのだ』

と責め立ててくるはずだ。

いや、そもそも、すべては南町奉行所の仕掛けた謀（はかりごと）であるかもしれぬ。番屋を裏から丸め込んで悪どげの探索をさせぬようにし、北町の立場を悪くするという策謀だ。少なくとも百木はそれを疑っているようであった。

「だから出来事泥棒どもは今日中にお縄にすンのさ。――一日で捕まえンには、ちょうどのいい相手だからよ」

出来事を奪われたお玉によれば、出来事泥棒どもは浪人風の身なりであったという。ならば町奉行所だけで罪を裁けるであろうし、なにより居場所の目安がついていた。

ちょうどよい。

四

源次（げんじ）は、魚問屋の羽黒屋（はぐろや）に勤める奉公人である。

今年で四十二。歳（とし）をとるごとに人相が悪くなっていくのを感じていた。

無理もない。魚問屋の商売相手というものは、漁師や仲買、棒手振り、町の料理屋といった気性が荒くて喧嘩っぱやい連中ばかりだ。知らず知らずのうちに、こちらも似たようになるというもの。上品にそろばんを弾くだけではやっていけぬのが問屋稼業というものだった。

そんな彼が、法被姿で御池ばたの道を小走りしていると――、

「――もし、そこのお方」

見知らぬ娘に声をかけられた。

はたち前の武家娘であった。物腰に品はあるが、身なりからして、そこまで裕福な家の娘ではなさそうだ。

源次は、気づかぬふりをして通り過ぎることにした。今、忙しい。店の主人が開いたいちばん蓮さがしの宴会で、仕切りをせねばならぬのだ。

おまけに御池沿いに居並ぶ屋台相手の仕事もある。――彼の働く羽黒屋はこの界隈の屋台を仕切る顔役でもあった。蓮さがしの時期は短い。いちばん蓮が見つかったら連日の宴も終わる。それまでに一銭でも多く稼がねば。

ただでさえの悪人相が、忙しさでいっそう殺気立っていた。

だが、娘は構わず話を続ける。

「いちばん蓮を見つけたら、どなたに申し上げればよろしいのでしょう？」

これには源次も驚いた。

十両貰えるいちばん蓮を、この娘っ子が見つけたと？

昼間から遊びに来ている、この閑人（かんじん）の武家娘が？　自分は安い給金で忙しく働いていたというのに、その間、遊び歩いていた小娘が、ただ花を見つけただけで十両もの金子を手に入れると？

（……この娘、さては蓮さがしは初めてだな。だから人に『どなたに申し上げれば』なんて聞きやがるんだ）

横取りして、自分が見つけたことにしてやろうか。四十になり、大きな仕事も任される身になったとはいえ、まだまだ十両は大金だった。

とはいえ横取りなどすれば、すぐに周りに知られて、今の店では働けなくなる。噂は千里を駆けるもの。まして自分の働き先は……。

男は迷った挙句に、

「いいかい、ここで待ってな。ぜってえ動くンじゃねえぞ。それと、ぜってえ別のやつに教えンじゃねえ。わかったな」

と駆け出した。

誠実な男であった。ただし、見知らぬ娘に対してではない。

自分の店と主人に対して、極めて実直な男であったのだ。

その後、しばらく経ってからのこと。

同心小野寺重吾の妹〝こじゅうと八重〟が、羽黒屋の奉公人源次に言われるがまま御池のほとりで待っていると……。

「そこのお主、いちばん蓮を見つけた出来事、拙者に譲ってはもらえぬか?」

現れたのは、頭巾で顔を隠した浪人風のふたり組であった。

しかも、男のうち片方は、

「もし譲ってくれぬというなら、この通り……!!」

と、その場に土下座する。

このふたりこそ、例の出来事泥棒の辻どげ魔であったのだ。

「武士が頭を下げているのに、よもや頼みを断りはすまいな？」

頭巾の浪人者ふたりが、片や土下座ですごみ、片や立ち姿にてすごむ中——。


「咲く良さん、本当に出ましてよ！」


八重が声を上げると、背後の茂みの中より、がさがさ音を立てながら、

「オウッ」

と〝げんこつ咲く良〟が現れた。

十手は腰に差したまま、拳に手ぬぐいを固く巻き。

つまりは二本差しの浪人ふたりを相手に、徒手にて打ち合う気であったのだ。

「どうでぇ。わっちの勘が当たったたろ？」

「ええ。さっきの羽黒屋の者が呼んだのでしょうね」

勘ではない。綿密な探索に基づく分析と推理であった。

八重もそれはわかっていた。この蓮っ葉が調子に乗るのは面白くないが、それでも手柄は認めざるを得ない。まさしく咲く良の見通し通り。

「ヤイ、頭巾の辻どげ魔ども！　てめえら羽黒屋に雇われてンだろ？　いちばん蓮さがしを長引かせるためによォ」

頭巾ふたりは、びくりと身を震わせる。どうやら図星ということらしい。

いちばん蓮を見つけた者から『出来事』を奪い、無かったことにしてしまえば、その分、宴の日々は続く。

屋台の顔役である羽黒屋の儲けも上がるというものだった。

「てめぇら、お縄にさせてもらうぜ。罪状は、そうだな——いちばん蓮さがしを台無しにした『野暮の罪』だ」

五

泉岳寺。

本堂の前庭では、合図の太鼓より半刻、今なお〝土下座だめし〟が続いていた。

奉行と高家が土下座をし合い、その傍らではそれぞれ凄腕の剣士が刀を構え、敵方どげ主の首を狙う。

どげ主ふたりと剣士ふたりの計四人、おのおの土下座と抜刀をして以来、動きと呼べるものはほとんどなかった。

ことに土下座するどげ主たちは、額を地に着けたきり、ほんのぴくりとも動かない。物見客たちの中には、この緊張に耐えられず、気を失ってしまう者すらもいた。ただ土下座を見ているだけであるのに。――ただ、その一方で、

「――やいっ、つまんねぇぞ！　なにかしやがれ！」


退屈で野次を飛ばす者もいる。

いや、むしろこれが普通であろう。作法にも剣にも通じておらぬ大半の者にとっては単なる土下座と棒立ちにすぎぬ。飽きてしかるべき光景であった。

だが、そこに……。

「おやおや、お主はこれがつまらぬか？」

野次の主に声をかけたのは泉岳寺の住職であった。太鼓で開始の合図をしたあとは、客に交じって〝土下座だめし〟を見物していたのだ。

この老住職は、齢七十。土下座をしている吉良式部とは若い頃からつき合いがあり、庭を貸したのもその縁による。

僧籍にありながら銭に汚く、あまり評判のよくない老人であったが、それでも礼儀に厳しい人物であった。仏門の世界で偉くなって以降はろくに頭を下げたことなど無いものの、他人の作法には一家言持つ。

和尚は、ほっほ、と笑いながら懐紙を一枚丸めるや、その手で、

——ぽいっ

と投げつけた。町奉行牧野駿河守と高家吉良式部、土下座をするふたりのちょうど間に。

次の瞬間……。

——ぱあんっ！

弾けた。

丸めた紙が。粉々の吹雪(ふぶき)となって、細かい紙片を舞い散らせたのだ。

土下座で弾けた。

紙の玉は達人ふたりの土下座に挟まれ、その剣気ならぬどげ気に耐えきれず、こうして弾け飛んだのである。

──いや、本当は小野寺と桔梗之介の剣が、素人衆の目には留まらぬ速さで斬ったのだが。ふた振りの剣の切っ先にて同時に斬りつけられれば、紙の玉は風圧でこのように弾けるものであった。

しかし観客たちの目には、ふたりのどげ主が放った未知の力……いわば土下座神通力によって弾けたように見えたであろう。

むしろ、それも正しい。小野寺重吾と吉良桔梗之介、ふたりに刀を振るわせたのは、どげ主の土下座を紙屑ごときに邪魔させてなるかという想いによるもの。これを土下座神通力と呼ばずになんと呼ぼう。

紙の玉が弾ける音で、また客たちが幾人か失神し、ぱたりぱたりと地に伏せた。

もう、だれも野次など飛ばさない。

一同、固唾を呑んで両者の土下座を見守るのみであった。

小野寺重吾も、唾を呑む。

いや、ごくりと喉を鳴らしただけだ。口の中はからからに乾いており、なんの水分も通過することはない。

（……冷や水をいただいておらねば、渇きで弱っていたかもしれぬ）

本物のいくさ場では、このように些細な出来事が勝敗や生死を分かつという。

今、彼らのしているのは、土下座という名の大いくさであった。

（お奉行と御高家様、土下座はおそらく互角であろう。ならば……）

勝敗の決め手は、自分と桔梗之介になる。

一刀を構える自分と、二刀を構える桔梗之介。

二刀流の敵を相手にするのは、これほどまでにやり難いものであったか。

（二刀使いとやり合うのは……財前のやつめ以来となるか）

先々月、宿敵である南町同心〝花がら孝三郎〟と斬り合った。あのときは小野寺自身も二刀であった。今回は勝手が違う。

もし、奉行が土下座で隙を見せたとしよう。——さすれば桔梗之介めは、右の大刀にて首を狙ってくるはずだ。

その際、もし小野寺が立ちはだかれば、この色男は左の脇差で彼を制し、右手はそのまま奉行の首を刎ねるであろう。

北町最強と呼ばれた小野寺重吾を左手一本で相手するのは至難だろうが、奉行の首を取るたった一瞬、刻を稼げれば勝ちとなる。

――逆に、高家吉良式部が土下座で隙を見せ、小野寺が首を刎ねに行けば、その剣を桔梗之介は左の脇差で受け止めて、右の大刀は奉行の首を狙い続けるはずである。

そもそも小野寺は、この〝土下座だめし〟、敵方の介添え人に対して攻撃や邪魔をしていいとは思っていなかった。いくさをする武士として覚悟が甘かったと言う他はない。

介添え人であろうと敵方は斬ってよし。むしろ斬らねば無作法というもの。

武士たるもの、平時においては〝大礼〟を、いくさの前後に於いては〝大義〟を、いくさの最中(さなか)に於いては〝大勝〟を重んじなければならぬ。――これが武家の礼儀を司る、高家武蔵吉良の作法であった。

（どうするか……。今からこちらも十手か脇差を抜いて二刀となるか？　いや、その隙を桔梗之介めは見逃すまい）

どげ主たちの隙とは関係なく介添え人に斬りかかるのは〝土下座だめし〟の趣旨に反するおこないであろうが、これは土下座(いくさ)。武蔵吉良の苛烈な作法は『是』とするはずだ。小野寺にも異存は無い。

こうしてふたりの剣士は、ひたすら無言のままにて相対(あいたい)する。

小野寺は手詰まりだったが、対する桔梗之介も殊更(ことさら)優位というわけではあるまい。

だからこそ両者動けぬままであるのだ。

一方で、どげ主らもやはり無言のまま土下座を続けていた。

顔を伏せているため周囲は見えず、目隠しされたも同然の身。なのに、すぐ近くでは凄腕の剣士が自分の首を狙っている。

この状況で額を地に着け続けるとは、なんという肝っ玉。まさしく豪胆。怖れ知らずという他はない。

沈黙の土下座は、このまま果てしなく続くのかとも思えたが……。

「――駿河よ」

片側が、ついに声を発した。

高家吉良式部の側である。

仕掛けたのだ。この膠着（こうちゃく）を打ち破らんと。

「貴殿、その土下座が世を乱しておると知っていよう？」

高家の言葉、小野寺には意外であった。

よもや、叱るとは。

（――御高家様、さては焦って悪手を打ったか⁉）

今、両者の土下座は、本来なら頭を下げる必然のない無為土下座。――だが叱れば、叱られる奉行の側にだけ頭を下げる理由が生まれてしまう。

必然のない土下座は、必然のある土下座に、凄みで勝てぬ。

無論、土下座で謝って然るべき大罪であらば、また違う。土下座というものは犯した罪より過剰に謝るからこそ威力があるが、大罪ならば罪の重さに見合う謝り方をしたというだけのこと。

奉行が土下座で世を乱している件は、本当ならばまさしく土下座に見合う大罪であろうが……。

（なれど、その罪、昨夜のうちにお叱りになられたはず！）

小野寺は、奉行の口からそう聞いていた。

ひとつの罪で幾度も人を謝らせるのは道理が合わぬ。釣り合いが取れぬというものだ。ならば二度目は、土下座が勝つ。

（そうか、御高家様はお奉行よりもだいぶ高齢。疲れから勝負を急いだのだな）

――などと淡い期待も抱いたものの、すぐさま気を引き締め直す。

いいや。並みの老骨であらばともかく、この眼光鋭き白髪鬼が、そのような無作法をするものか。

そして事実、その通りであった。

吉良式部は、顔を伏せたまま奉行に告げる――。

「駿河よ、天下と万民のためぞ。この通り。――拙者に勝ちを譲ってくれぬか！」

懇願土下座！

小野寺は、あっ、と息を呑んだ。その手があったか。

土下座は、謝罪のためだけのものではない。

世では謝罪として用いられることがあまりに多く、ともすれば忘れられがちではあったが――本当は、懇願、感謝、感嘆、返礼、その他、いくつもの用途があるはずだ。

今、吉良式部がしているのは懇願の土下座。

謝罪の次に、世で多く使われる土下座であった。

しかも――、

「この勝負に拙者が勝てば、世は『土下座は悪』『〝どげざ奉行〟は間違っていた』と知るであろう！　だから拙者は勝たねばならぬ！」

あまりに真っ当すぎる理由ではないか。

この頼みを退けるのは『ど』の字抜きでも困難であろう……。

「どうだ駿河ぁッ、儂に勝ちを譲れい！　そして、二度と土下座をせぬと誓うのだ！　〝どげざ奉行〟などと、よい気になっていたのは間違いであったと！　――さすれば天下と万民、やはり土下座は善くないものと改めて知る！　貴様の乱した世がふたたび安んじられるのだ！」

高家吉良式部の怒声が、泉岳寺の境内に響き渡った。――顔は依然として伏せられたままであったが、いかなる面持ちであったか見ずともわかる。

能面であらば般若のはず。

あの〝かたな般若〟の面構えであったろう。

「そもそも駿河よ、土下座は決して謝罪にならぬ！　世の者たちが謝罪の土下座と思っておるのは、今の儂と同じく懇願よ！　謝っているのでなく、許しを乞う――否！　いいいいいい、許しを強いていいいるのだ！　いわば脅しの土下座！　金品を寄越せと土下座で脅す者ども と寸分違わぬ！」

土下座は謝罪でなく、許しを脅しで強いているだけ。

これは小野寺も前々から、薄々とだが感じていた。

武士の土下座は特別な意味を持つ。——なぜなら、これで許されなければ、あとは脇差を抜いての切腹か、あるいは大刀を抜いての斬り合いしか道はない。

つまり土下座とは『従わなければ次は命のやり取りであるぞ』という脅迫なのだ。

(言われてみればその通り。お奉行には皆、暢気(のんき)な寝ぼけえびす顔で誤魔化されていたが……自らの命を盾に、他者を脅していたのだ)

そして吉良式部と桔梗之介は、世の悪どげどもを、

『命を盾にしている以上は、その命、蹴散らしてくれる』

と懲らしめていた。

武士の〝大礼〟のために。そして天下のために、万民のために。

(なんと一分の隙もない理であろうか……‼　では、正しいのは御高家様で、お奉行は間違っているというのか⁉)

庭を囲む物見客らも話を聞いて、

「——たしかに土下座は悪ぃことなのかもな」

「——なるほどねぇ」

「——こりゃ御高家様のお言葉が正しい」

と次々に頷いていた。

一方で〝どげざ奉行〟牧野駿河は額を地に着け、無言で顔を伏せたまま。

反論できぬというのであろうか？

町奉行が土下座ですべてを解決するのは、やはり正しくなかったと？

気がつけば小野寺は、

――じりり

一歩後ろへ退いていた。

足ではない。心が下がった。

じりりの音は小野寺でなく桔梗之介の足が鳴らしたもの。美貌の剣士は敵の心が退いたと察し、一歩間合いを詰めたのだ。

また一本、心で負けた。

その狼狽に乗じて、もう半歩。

小野寺の心はじりじりと追い詰められていく。このままでは桔梗の剣は、やがて奉行の首へと届くであろう。

（お奉行、なぜ黙っておられるのか……!!　やはり、なにも言い返せぬと？）

それとも、まさか居眠りでもしているのか？　話を聞いていなかったとでも？

小野寺の心がまたも退きかけた、まさにそのとき——。

居並ぶ見物客たちの中から、声がした。


「——おぶぎょうさま、がんばれぇ」


かぼそいが、甲高（かんだか）い声。

幼い童（わらべ）の声であった。歳は五つか六つほど。

まわりが吉良式部の言葉に心を奪われつつある中での、奉行へ向けての声援だ。うんと度胸が要ったであろう。

だが、それよりも……。


「……おお、ヨシ坊か」

奉行がぽそりと漏らした、この一言。

無言で顔を伏せていた牧野駿河が、つい、なんとなく発した言葉。

小野寺は、声の方へと目を向ける。

そこにいたのは、かすかに見覚えのある童であった。

（あの町人の童は、たしか……。お奉行は顔すら見ずともわかるというのか？）

あれは梅雨どきの真っ只中。

奉行は、貧しい子供がごうつくで知られた米問屋亥の屋弥平の着物に泥を撥ね、責め立てられていたのを助けた。――無論、『ど』の字で。雨降りの季節ならではの旬土下座〝梅零ルル九相図ノ土下座〟にて。

ヨシ坊は、そのときの童であった。

小野寺は、この童の顔も名前もすっかり忘れかけていたが、奉行はそうではなかったらしい。

（さしたるお裁きでもなかったというのに、六つの童の名を憶えていたとは……。このお奉行、土下座で護ったものは忘れぬとでも？　だとすれば、なんたる慈愛！）

そうであった。

この奉行は人に優しく、それゆえ土下座も人に優しい。

地に跪く姿も、さながら親鳥が卵を抱えるがごとし。

それほど心優しき土下座であれば、護った相手を忘れずにいようと、なんの不思議があるというのか。むしろ当然のことであったろう。

——ずさっ、ずさっ

桔梗之介は二歩、後ろへ退いた。

小野寺の心が二歩、前へ出たためである。

形勢は逆転した。少なくとも小野寺と桔梗之介の間では。

同心の剣は気合いに満ちて、ひと振りで世の悪鬼すべてを断たんほど。逆に桔梗の剣は左右ふた振りとも守りの構えとなっていた。

と、そこで奉行が、ついに高家吉良式部へと声をかける——。

「御高家様、お話、まこと感じ入りました……。すべては御高家様の仰せの通り。完璧な理にございます」

「拙者の方が正しいと?」

「はい、いかにも。なぜならそれがし、町奉行の任を受けてからだけでも『ど』の字をした数、すでに五千を超えておりますが――」

多すぎる。

三月となってから、まだたった三月というのに。

だが、周囲の驚きをよそに牧野駿河は言葉を続けた。

「しかし、それがし理を以て土下座したことなど、ただの一度もございませぬ」

「なんと!? では、なにを以て土下座する？ なにに依って頭を下げる！」

なんの理もなく、人に頭を下げることなどあるものなのか？

人が動くのは、理由や理屈があってこそ。まして土下座ほどの行いであれば、必ず意味がそこにはあるはず。

ならば、なにゆえ？ なぜ下げた？

〝どげざ奉行〟の答えはひとつ。

「それがしは、ただ助けを求める声に応じて土下座をするのみにございます」

「なんと……‼」

この答えに、今度は高家吉良式部が押し黙る。

顔を伏せたまま息を飲んでいたのかもしれぬ。――桔梗之介は、また一歩後ろへ退いた。今度は奉行に圧されたのだ。左右の二刀も心なしか高さが下がった。

(お奉行、なんというお方であろう……!!)

やはり慈愛。

理由も理屈もなく、ただ人の求めに応じ、ただ人を救うためだけに頭を下げてきたという。

吉良式部の土下座が『理』であるならば、牧野駿河の土下座は『理外』。言うなれば菩薩(ぼさつ)の超然とした土下座であった。

見物客たちも口々に、

「――そういや、うちの町内のモンもお奉行さまの土下座で助かったと言ってたぜ」

「――立派なお方なんだな。俺たち町人の味方じゃねえか」

「――オウ。理屈が通ってるのは御高家様かも知れねぇが……」

などと呟(つぶや)いていた。

(お奉行の土下座、あまりに尊し……。この勝負、お奉行の勝ちか？ いや――)

高家吉良式部の土下座も、やはり尊し。

この老人が頭を下げるのは天の道理を貫くため。

言ってみれば天・地・人。

ふたりが手をつく『地』を挟み、『天』を支えんとする吉良式部の土下座と、『人』を慈しむ牧野駿河守の土下座。

ふたつは交わることなく、しかし、ひとつ。

さながら太極図。新たな三千世界がそこに在る。

この天地人の土下座を前にしては、介添え人たる小野寺も桔梗之介もなにもできず、ただ茫然と立ち尽くすのみ。――両どげ主には隙など無い。それどころか、どちらの首も、刃の届かぬ万里の彼方にあるようにすら思えていた。

小野寺と桔梗之介は、立っているだけでやっとであった。

見事な土下座のそばに立つというのは、これほどまでに力を使うものであるのか。

足は震え、手は持ち慣れた剣の重みで痺れていた。

こうなると、欲張って左右二刀の桔梗之介が不利となる。今にも手から刀を落としそう。だが小野寺も腰の十手が千万貫にも感じられ、その場に膝から崩れかねぬ。

果てなく続きそうな土下座一対と、今にも命尽きそうな剣士一対。

永遠と刹那。この勝負は、いかなる決着を見せるのか……。

――と、そんなとき。

泉岳寺の老住職が、またも丸めた懐紙をぽいっと投げた。

先ほど投げ込まれた際は、どげ主ふたりのどげ気によって——本当は介添えふたりの剣により、ぱあんと紙玉は破裂した。

しかし、こたびは違う。

ちょうど天の土下座と人の土下座の中間あたりに、ぽとり、とそのまま地に落ちたのだ。

老住職は「うむ」と、ひとり頷いた。

「しからば決着！　——これにて両どげ、引き分けとする！」

双方、剣にはなにかを斬る力など残っておらず、逆に土下座はなにものも拒まぬ新たな太極。

ならば、勝負を続ける意味などあるまい。

六

決着の号令と共に、小野寺と桔梗之介は地面にがくりと膝をつく。

〝土下座だめし〟は介添え人ふたりの気力体力を根こそぎ奪っていたらしい。立ってはおられず、地べたで饅頭（まんじゅう）のようにうずくまる。

全身が疲れ切り、体中の筋骨が縮みあがると人間はこの姿になる。火事場の屍も似たような恰好になるという。

今のふたりにとって最も楽な姿勢であった。手足を伸ばして他の姿勢になることなど不可能。両者そろって膝だけでなく、掌や肘、それどころか額まで、土にべったりと着けていた。

すなわち、お馴染（なじ）みのあれである。

土下座であった。

人は死力を尽くすと、望まぬとも土下座をするのだ。

それは、つい今しがたまで戦っていた敵へ敬意を示すのに、絶妙なる照れ隠しともなっていよう。——小野寺重吾と吉良桔梗之介、いずれも言葉はなく、発するのはただ荒い息のみであったが、頭はそれぞれ相手へ向けて下げられていた。

一方で——。

先ほどまで土下座をしていた高家吉良式部は、当たり前のように立ち上がる。

「ふん。若い者がだらしのない」

北町奉行牧野駿河守も、よいしょ、といつもと変わらず立った。

「いやいや、いずれも将来の楽しみな若者たちでございます」

このふたり、まさしく土下座の化け物であった。『ど』の字で疲れることはないというのか？——小野寺は地にうずくまりながら、感服と恐怖、あきれなどが入り混じった、なんとも複雑な心持ちとなる。顔は見えぬが桔梗之介もきっと同じであったろう。

だが、その心持ちは、しばらくして純粋な恐怖に変わる。

「それで駿河よ」

「はい、御高家様」

「続きは、いつする？」

ここから続く齢七十の老武士の言葉に——、

小野寺と桔梗之介、若き剣士たちはただ戦慄を覚えるのみであった。

まだ終わりでないというのか？　たしかに決着はついておらぬが、再びあの死闘を繰り返さねばならぬのか？

小野寺は怠惰とも臆病とも縁遠い男であったが、さすがに背中がぶるりと震えた。これまた桔梗之介も同じであろう。しかも、

「いやいや御高家様、この通り介添え人ふたりも疲れており、拙者も暑さで汗を掻きましたゆえ――」

勤勉ではない心優しき寝ぼけえびすが、若者ふたりに助け船を出してくれると思いきや……。

「四半刻ほど休んでからではいかがですかな？」

もし今の姿勢より、さらに崩れることができたなら、小野寺たちはそうしていたであったろう。

そうであった。この奉行、普段は怠け者に見えて、土下座に対しては真摯そのもの。たった四半刻の休みで、ふたたび戦いに挑むとは。

（だが立たねば……。お奉行だけをひとり死地に向かわせるわけにはいかぬ）

ふたりの若き剣士は丸まった体を土から引き剝がし、くじけた膝を伸ばすべく両の脚に力を籠める。

——と、そのとき。

「——オウッ。〝土下座だめし〟をやってンのはここかい？」

現れたのは咲く良であった。

いや、あの蓮っ葉狸めだけではない。ちょうど顔を上げた小野寺の目に、大勢の姿が映る。

辰三や、上野の番屋の番太たち。さらには縄で繫がれた男が数名。

おまけに妹の八重までもいた。

これは夢か。疲れの見せた幻か。

戸惑う小野寺に構うことなく、咲く良は続けた。

「土下座を悪事に用いて上野を騒がす、辻どげ魔が一味！　北町同心小野寺重吾が小者〝げんこつ咲く良〟が召し捕ったりィ！」

あまりに芝居がかった調子であった。

もともと忠臣蔵だの芝居見物だのから始まった一件ではあるが、ここでまた芝居とは。——だが、なにゆえ今、辻どげ魔？

　しかも、なぜ泉岳寺まで連れてきたのか？

　同じ疑問を、吉良式部も抱いたらしい。

「これ、お主たち……。どうしたことだ？　なぜ罪人を連れてきた？」

　訊ねる声に、珍しく狼狽の色が感じられた。

　奉行の土下座は理外であるが、この娘もまた理外の者。おかげで理に生きる吉良式部の不意を衝けた。

「いンや。こいつらだけじゃなく、あとから続々と連れて来られるぜ。土下座を悪事に使った悪どげどもがよ。——同心サマも小者も番太も、みンな張り切っちまってさァ。あっちこっちで悪どげどもをお縄にしてンだ。わっちらは一番乗りってだけさ」

「だから、なにゆえ此処（ここ）に連れてくる？」

「そりゃ爺（じい）サン、決まってンだろ」

　さすがは蓮っ葉狸。日（ひ）の本（もと）の武士ならだれもが怖れる高家吉良式部に、物怖（ものお）じすることなく口を聞く。

「あンたとお奉行サマに、真っ先に見てもらおうと思ったからさ」

「儂にだと？」

　捕らえた罪人を、奉行にならばともかくも、高家に見せる理由とは？

――と、ここで八重が前に出た。

（なぜ八重が？　なにゆえここに？）

妹がこの場にいることが、最も小野寺を困惑させた。最初は見間違いかと思ったほどだ。とても現（うつつ）のこととは思えぬ。

八重はさすがに同心の家の娘とあって、咲く良より礼儀をわきまえている。直（じか）に高家へ話しかけることはない。

代わりに、まだ地べたで必死に立とうと震える吉良桔梗之介へと声をかけた。

「桔梗様……。ありがとうございます」

なんの礼であるのか？　小野寺も桔梗之介も、手足を震わせながらぽかんとなる。

このふたりだけではない。八重は桔梗之介を通して高家吉良式部にも語りかけていたのだが、老武士も長い眉の下で目を丸くしていたはずだ。

しかし、続く言葉で理解する。

「小者の咲く良さんから聞きました。町奉行所の知らない悪人たちを――悪い土下座使いたちをやっつけてくださったのでしょう？　江戸の町の人たちのために」

多少意味合いは違うかもしれぬが、大まかに纏（まと）めればそういうことになるであろう。

高家の吉良式部とその親戚桔梗之介は、江戸のため、お忍びで悪人どもを退治していたのだ。

　ただ結果として吉良氏ふたりは町奉行と対立し、命を懸けた土下座勝負の真っ最中。八重もそれを承知の上で――、

「ですが、ご安心くださいませ。もう奉行所も、悪い土下座使いのことを知りました。これからは、当家の兄や小者の咲く良さんたちが、不届き者たちをみんなお縄にしてくれましょう」

　釘を刺した。

　もはや町奉行と高家で争う必要はないと。

　なぜなら町奉行所は、奉行が〝どげざ奉行〟だからと悪どげに甘くすることはないのだから。――居並ぶ物見客の前でそう述べたのだ。高らかに。

　世の正義は守られる。だから、これ以上の勝負は無用と。

　単なる同心の妹が発した言葉に過ぎなかったが、場の勢いというものがある。

　客たちは、わあっ、と歓声を上げ、町奉行牧野駿河守と高家吉良式部を褒め称えた。意味もよくわからず、勢いに呑まれるままに。

　牧野駿河は、いつもの寝ぼけえびすの面持ちにて高家の老人へと持ちかける。

「御高家様、いかがでございましょう。こたびの〝土下座だめし〟の勝敗でございま

すが――」

「うむ。いかにする？」

「我らでなく、飛び入りの娘ふたりの勝ちとしてはいかがで？」

命がけの死闘を、武士の〝大礼〟を懸けた勝負を、ふらりと現れた娘たちの勝ちとする？――しかも同心の妹と女小者とは。明らかに町奉行側の者ではないか。高家にとって得は無い。

なのに日の本中の武士に怖れられる高家吉良式部は、

――ぷふっ

吹き出した。

笑ったのだ。皺の入った唇で。雷がごとき眼光を発する双眸を細め。さらには、

――うしゃしゃしゃしゃしゃしゃ

と、はしたない声を上げて。腹を抱えて嬉しそうに。

この老人、このような声で笑うのか。

「よかろう駿河。勝ったのは儂でもお主でもない。――その娘たちふたりとしよう」

結

一

咲く良の言っていた通り、やがて江戸のあちこちから同心や小者、番太たちが、続々、泉岳寺の庭へとやって来た。

皆、捕らえたばかりの悪どげどもを伴ってである。

昨日までは見て見ぬふりをしていたが、本気になればこの通り。——さすがに高位の武士までお縄にすることはできぬものの、浪人者や、武士のふりをした町人、あるいは悪どげ武士を手伝っていたやくざ者といった連中を片っ端からふん捕まえて、腰縄で縛って連れて来たのだ。

——ただ三組目あたりで与力の梶谷は、きりがないと思ったらしく『もう連れてくるな』と追い返した。

残り何組いるのかは知らぬが、もはや無用。大勢の物見客が『奉行所は悪どげどもをお縄にする』と知ったはず。すぐに口伝えで江戸中にも広まるであろう。ならば、もう手間をかけて泉岳寺まで咎人を連れてくる必要はあるまい。

「駿河よ、勝負はそこの娘たちの勝ちであるが……」

吉良式部の口から再び、うしゃしゃと品のない笑い声。

「とはいえ儂も狙いは果たした。――これで土下座の怖さは江戸中に知れ渡るであろうからな」

客たちは、苛烈な〝土下座だめし〟もその目で見た。土下座は命がけであると知ったはず。

これも、やがて江戸中に伝わり、今後は軽々しく土下座する者などいなくなろう。

「なるほど。それが御高家様の目論見(もくろみ)でございましたか」

「左様。〝土下座だめし〟では勝てなかったが、ある意味、儂の勝ちでもあろう。武家の〝大礼〟と世の太平を守ったのだからのう」

「いやいや、ならばそれがしの勝ちでもありましょう。土下座と世の太平を守ったのですから」

傍で聞いていた小野寺は、ただただ感服するばかりであった。

双方、自らの命を懸けた勝負をしながら、天下に思いを馳せていたとは。頭を低く下げながら、志はだれより高いところにあった。

（さすがはお奉行、さすがは御高家……）

〝土下座だめし〟のあとではあるが、小野寺は頭が上がらない。

そして頭を上げぬまま、疲労と緊張のため、いつしかぱたんと気を失っていた。

二

〝花がら孝三郎〟こと南町同心の財前孝三郎は、変装を得意とする。

普段、派手な着物だからこそであろう。野良着に日よけ笠の百姓姿にでもなれば、だれも彼だと気づかなかった。

その日も泉岳寺で見物客に紛れながら——、

「……チッ」

笠の下で、小さく舌打ちをした。

〝土下座だめし〟の勝敗が気に食わぬのだ。

(……〝どげざ奉行〟め、命冥加（いのちみょうが）な)

首を刎ねられて死ねばよかったのに。

一介の廻り方同心である財前には、牧野駿河守に対して本来そこまで強い恨みは無い。――だが、あの男が北町奉行になってから、南町はどうにもぱっとせぬ。

町に悪どげや辻どげ魔が現れ、番太たちが土下座の悪事は扱わぬと決め、高家吉良式部と対立をし、いよいよ〝どげざ奉行〟も焼きが回ったかとほくそ笑んでいたのだが……見事、危機を切り抜けた。

しかも、にっくき〝しゅうとめ重吾〟と共に。

(やっぱァ、まぐれを当てにゃあできねぇか)

北町の百木などは『南町の陰謀では』と疑っていたが、実際には単なる偶然。

財前たち南町は、上手く行けば儲けものと、ただ見守っていただけだ。

次こそは、自らの企てた陰謀にて〝どげざ奉行〟と〝しゅうとめ重吾〟を陥れてやらねばなるまい。――財前は、悪（あ）しき決意を新たにした。

同じく百姓姿にて隣に立つ南町奉行遠山左衛門尉景元（とおやまさえもんのじょうかげもと）も、気持ちは同じであったろう。

三

小野寺重吾が目を覚ましたのは翌日の昼。

屋敷の布団の上であった。

（……はて？　泉岳寺にいたはずであったが）

しかも瞼（まぶた）を開いた、すぐ目の前には、

「よかった、やっと起きてくださいました」

「ずっと寝っぱなしだから心配（しんぺえ）したぞ」

八重と咲く良の白い顔。

このふたり、ずっと看病していてくれたようだ。

「……心配をかけたな」

「まったくです。つい、ほんの先ほどまでお奉行様がお見舞いにいらしてくださったのですよ」

枕元に、落雁（らくがん）で山盛りの菓子盆が置かれていた。

見舞いの品だ。どうやら奉行、小野寺の好物が落雁であると思い込んでいたらしい。

（しかし、私は疲れて倒れてしまったというのに、お奉行は壮健で、わざわざ見舞いにまで来てくださるとは……）

やはり土下座の化け物。『ど』の字が絡むと疲れを知らぬ。

いずれにせよ、奉行が来ていたということは、咲く良とも顔を合わせたのであろう。

ひさびさに会った父娘（おやこ）はどのような話をしたのか？　小野寺は気になったが――、

「ン？　どうした、わっちの顔をジロジロ見て？」

「いや……」

咲く良は普段と変わらぬ調子で、勝手に落雁を摘（つ）まんではポリポリと齧（かじ）っていた。

「ま、しゅうとめ、もうチョイゆっくり寝てるがいいや。――けど、あんまいつまでもゴロゴロしてンじゃねぇぞ。〝どげざ四十七士〟筆頭の名が泣くからな」

この蓮っ葉狸、妙な言葉を口にした。

「四十七士？　なんだそれは？」

「こいつに書いてあらァ」

狸の差し出す紙に目をやれば、それは一枚の瓦版。

昨日の夕売りであるらしい。

ついに始まった泉岳寺の〝土下座くらべ〟。――高家〝むさし吉良〟と町奉行〝どげざ奉行〟、ふたりの土下座はまさしく互角。

そこに駆けつけたるは〝しゅうとめ重吾〟を筆頭に集いし同心に与力、小者や番太。その数ちょうど四十七人。

この〝どげざ四十七士〟の助太刀にて、〝どげざ奉行〟はついに〝むさし吉良〟をどげ討ち取ったり。首を掲げて頭は高し。

「なんだ、これは⁉　どげ討ち取ったりなどと、出鱈目にもほどがある！」

ことに最後の『首を掲げて頭は高し』の一文は、『勝った牧野駿河より、負けた吉良式部の方が（生首だけになって掲げられているので）頭が高い。土下座勝負というのは皮肉なものだ』という意味であろうが、これでは吉良式部は死んでしまったかのようではないか。

しかも文脈からして、奉行か四十七士が殺したかのよう。

文の最後に目をやれば、そこには案の定じもくの名。

あの綿入れ半纏女め、わざわざ泉岳寺まで見にきていたというのに、よくもこんな嘘ばかりを並べ立てたものだ。

（さては夕売りに間に合うよう、勝負が始まる前に文面を書き終え、版に回していたのだな）

奉行の勝ちと吉良の勝ち、両方の版を用意して、勝敗を見てから刷るという算段であったのだろう。——だが、まさかの結果に、とりあえず『奉行の勝ち』の方を刷ったに違いあるまい。

「あやつめ、適当なことばかりを……」

〝どげざ四十七士〟というのも、遅れて泉岳寺に駆けつけた咲く良たちこそがそれと言い張ることもできるであろうが、さすがに四十七人も居なかったはずだ。

「マア安心しなって。朝売りじゃ、もうチョイ本当に近いことを書いてっからよ」

そう言って、別の瓦版をもう一枚。

なるほど。こちらの朝売りでは、起こったことが正しく詳細に記されていた。

〝土下座だめし〟の苛烈さや、土下座を悪事に用いた者たちが次々お縄になったことなども書かれており、これならば高家吉良式部の望んだように『これで土下座の怖さは江戸中に知れ渡る』ことであろう。

余談だが、こちらの文面を書いたのもじもくであった。

あの女、どんな顔をして、これほど違う瓦版を書いたのか。あきれたものだ。

「あと、こっちの瓦版には、わっちと妹殿の活躍が書いてあるぜ」

「ほう」

別の版元の朝売りであった。

「わっちと妹殿が頭巾の辻どげ魔どもを返り討ちにして、その勢いで黒幕の羽黒屋ンとこまで殴り込み、とっ捕まえてやるまでが、ちゃんと細かく書いてあらァ」

「ふむ。八重も活躍したのだな」

瓦版によれば、辻どげ魔や羽黒屋の奉公人たちを、咲く良は得意の拳骨で、八重は兄顔負けの剣術で、次々叩きのめしていったとのこと。

妹へと目をやると、顔を真っ赤にさせていた。

「違います、これこそ出鱈目です！　剣術など使っていません！　お奉行所から厳しくお叱りください。こんな瓦版が出回っては、わたくし、咲く良さんのような乱暴者だと世間に思われてしまいます！」

最後の一言で、遠回しに咲く良を悪く言う。

「へへッ、そう言うなって。ふたり組の荒くれ女として、江戸中に名を知らしめてやろうじゃねえか」

「困ります！　あなたは、もうとっくに暴れ者の荒くれで知られているから、それでいいんでしょうけれど！」

妹と女小者は、枕元でけたたましく喧嘩を始める。

今はまだ口論だけだが、いずれは小野寺の顔の上で摑み合いになるかもしれぬ。

(こやつら、いっしょに手柄を立てたから、少しは仲良くなったかと思いきや……)

どうせ静かに寝ていられぬならと、さっさと起きて着替えることにした。


その後しばらくして、意外な客が小野寺の同心屋敷を訪れる。

「――兄君殿はご在宅ですかな？」

かの色男の若侍、吉良桔梗之介であった。

相変わらず美しい若者だ。昨日の疲れのためであろう。あの完璧なほど真っ直ぐな姿勢がほんのわずかに揺らいでいたが、おかげで儚さや脆さを由来とする妙な色気が感じられる。

言うなれば、しなを作る女形役者のようでもあった。

「これは吉良殿、いかがなされた？」

「兄君殿のお見舞いに。こちらは土産の落雁でございます。お奉行の牧野様より、お好きと伺いましたので」

なんでも吉良式部の使者として奉行所へ今回の一件についての文（ふみ）を届けに行ったのだが、その際、小野寺がまだ寝込んでいると知ったという。

ちなみに文の中身は、吉良一門がなんの責も負わずに済むよう、言質（げんち）を取られぬ慎重な書き方にてしたためられた謝罪であった。あの老人、さすがは高家。千代田の役人武士としての厭らしい作法も心得ていた。

「お目覚めのようで安心いたしました。――どうか、兄君殿もご安心を」

「安心とは？」

「拙者も泉岳寺にて気を失い、昼まで倒れておりましたゆえ。式部義房様が申されますには、兄君様とはちょうど同時に倒れたとか。つまり我らの勝負、引き分けにございます」

もし小野寺だけが倒れていれば、勝負は負けということになろう。そうでないから心配するなと、この色男は言っていたのだ。

（いや……。倒れた刻は同じでも、目覚めたのは桔梗之介殿の方が早かったはず）

自分は先ほど起きたばかりだが、相手は身だしなみを整え、使者の役目を果たした上で、こうして菓子まで買って見舞いに来ていた。

八重と咲く良が騒々しくて助かった。ふたりがうるさくなければ今もまだ寝間着のままで、余計な恥を掻いたところだ。

——とはいえ、泉岳寺で倒れたかどうかも、どちらが先に起きたかも、小野寺にとっては正直、もはやどうでもよい話であった。

あの生死を賭した〝土下座だめし〟のあとでは、勝敗すらも些末なこと。

生きて勝負を終えた今、敵味方の垣根を越えて、過酷ないくさを共に乗り越えた戦友とさえ感じられた。

剣を交わせば相手のことが大抵わかる。刃の前に秘密なし。

この吉良桔梗之介という男、小野寺の嫌いな類の男ではない。

むしろ好ましい人物であった。

悔しいが、妹を任せてもよいと思ったほどだ。

(八重のやつめ、見る目がある……。あとで謝らねばなるまいな)

好い男であると見抜けなかった己が不明を、ただただ恥じ入るばかりであった。

「ときに兄君殿……いえ、重吾殿」

桔梗之介は、ずいい、と小野寺へ向けて身を乗り出す。

よい匂いがした。香かなにかの匂いであるのか。それとも桔梗という名前の通り、花の化身であるというのか。

「式部義房様は重吾殿のことを気に入っておいでです。あのお方、世の噂通りに大頑固者の大偏屈者で、滅多に人を気に入ることなどないのですが——貴殿におかれましては、その……」

桔梗之介は一旦言葉を言い淀(よど)み、なぜか頰を赤らめながら続けた。

「……一門の者を嫁にやってもいい、とまで申しております」

本気であるのか。ただの喩(たと)えか。いずれにしても大変な誉(ほ)めっぷりであった。かの名門武蔵吉良が、一介の町方同心に一族の娘をくれてやるなど、格式からして普通ならばあり得ぬことだ。

だが、それ以上に——、

「いえ、式部義房様だけでなく、この拙者も……。ううん、むしろ拙者こそが！　重吾殿さえよろしければ、拙者、今後とも貴殿と仲良くしとうございます。重吾殿と朋(ほう)輩(ばい)になりたいのです！」

この言葉の方が嬉しかった。

不器用な申し出だ。なにごとにも恰好の良いこの色男とは思えぬ。しかし男が男に『友となってほしい』など、器用な言葉では気持ちを伝えることはできまい。

小野寺は、短く、やはり不器用に、

「喜んで」

とだけ返事をした。

やや年下ではあるものの、ひさしぶりに新しい朋輩ができた。めでたきことだ。

四

さらに翌日の六月二日。小野寺は咲く良を伴い、不忍池のまわりを歩いていた。

すでに月番ではなかったが、それでも一度様子を見ておきたかったのだ。

――というのは、ただの口実。嘘の理由。本当の用事は別にある。

「咲く良よ。やはり怒っておるのか？　ならばせめて、なぜ怒っているのか理由を教えてはくれぬものか？」

「は？　別に怒ってねえよ」

それならば、よいのだが……。

昨日、桔梗之介が来て以来、なぜか機嫌が悪いように見えた。

ずっと、むくれたような顔でなにやら考え込んでいたし、小野寺ともあまり目を合わせぬようにしている気がする。

この蓮っ葉狸、短気ではあるが、さっぱりした気性でもある。これだけ長い間怒りっぱなしというのは今までになかったことだ。

（もしかして私が桔梗之介と仲良くなったことを怒っているのか？　まさか、それほど嫌いであったとは……）

〝げんこつ咲く良〟と〝吉良の桔梗様〟は、江戸の若い娘たちの人気を二分する敵同士。敵と仲良くするとは許さんということなのか。

だが、それもまた咲く良らしくない。人気を気にするような女ではないはずだ。

やはり女心というのはわからぬ。

それと、この蓮っ葉狸だけではない。妹の八重も、昨日の桔梗之介とのやり取りを見てから、なにやら戸惑ったような顔をし続けていた。

（八重の方が、もっとわからぬ……。これからは自分と桔梗之介の仲を私に反対されぬのだから、喜ぶべきことであろうに）

ともあれ咲く良がずっとむくれているのも面倒なので、理由をつけて散歩に連れ出し、機嫌を取ってやることにしたのだ。

犬ではあるまいし散歩で機嫌が直るとは思えぬが、幼いおすゞが『なにか理由をつけてお散歩にでも連れていってあげてはいかがでしょう』と言うので従ったまでのこと。小野寺の身の回りでは、あの十歳が一番女心で頼りになる。

おすゞに言われるがまま小野寺は咲く良を連れて、御池のまわりをぐるりと歩く。

このあたりも静かになった。

つい一昨日までいちばん蓮さがしの宴会で賑わっていたというのに、今やちらほらとしか人はいない。ずらりと並んでいた屋台も、そのほとんどが消えていた。

咲く良が羽黒屋の悪事を暴いたため『いちばん蓮さがし』という遊びそのものが白けてしまったというのが理由のひとつ。——来年からは、もう蓮さがしの宴会は開かれなくなるかもしれぬ。

ただ、そもそもの所以(ゆえん)としては……。

「こうなると、もういちばん蓮もなにもないな」

「だな。わざわざ探すこともねぇ」

御池のあちこちで、大輪の蓮が咲いていた。

今咲いているもののうち、どれかが値十両のいちばん蓮であったのかもしれぬ。だが開いた蓮が珍しくなくなれば、宴会の時節は終わりであった。

あとには、ただ美しい景色が残るのみ。

幾輪も咲いた蓮の花を眺めるうちに、咲く良の面相はほがらかなものになっていく。乱暴者の蓮っ葉狸も、やはり若い娘であった。花を目にすれば喜ばずにはいられない。

釣られて、小野寺の口元も綻（ほころ）んだ。

「見事なものだ。——だが、惜しい話でもあるな。せっかく綺麗に咲いたのだから、もっと人の目にとまればよいのに」

その言葉に、咲く良はそれこそ大輪の花がごとく「ははッ」と笑う。

「いいンだよ。花ってのは褒められるために咲くンじゃねえ。——自分が咲きてぇから綺麗に咲くのさ」

「ほう。趣深いことを言うのだな」

「だろ？　おめえやわっちとおんなじさ」

かもしれぬ。

少なくとも、そうありたい。だれにも見られぬ場所に根を張ろうとも、花を咲かせる草木でありたい。

素朴な、しかし心からの願いであった。

ふたりの語らう足元で、まるまると膨れたつぼみが、ぱかん、と大きく花開いた。

五

　十二代将軍、徳川家慶は御年五十六歳。

　武家の頂点に立って十一年目となる。政においては自ら表に出張ることなく、〝大御所老〟水野越前守忠邦や〝新進気鋭〟阿部伊勢守正弘といった幕閣に任せきりであったことから『そうせい様』や『いいなり公』などと陰で呼ばれていたという。

とはいえ水野越前や阿部伊勢といった人材を抜擢した慧眼や、有能ながらも癖の強いふたりを信頼して政務を任せる度量は、凡庸な人物のそれではあるまい。——当の水野と阿部の二大権力者も、千代田の主であるかのように振る舞いながらも、家慶へは常に敬意を払っていた。

　六月二日の昼下がり。

　牧野駿河守は、千代田城内の御座之間へとひそかに呼ばれた。

　この部屋は、将軍が執務をするための部屋だ。——つまりは家慶公に呼ばれたのだ。

　初めてのことである。

町奉行というものは幕閣の中でもやや格の低い役職であり、もともと直に顔を合わせることがあまりない。

それを抜きにしても家慶公は『そうせい様』で『いいなり公』。政に口を出さぬよう、なるべく他人と顔を合わせぬようにしている節すらあった。

果たして何用で呼ばれたのか。

噂の〝どげざ奉行〟の顔を見ようと、面白がって声をかけたというだけか？

首をかしげつつも、駿河守は御座之間にて頭を下げる。

「牧野駿河守にござります」

土下座ではなく単なる平伏。将軍相手の挨拶だ。

下げた頭の上から返ってきた声は――、

「うむ。よく来た」

どこか聞き覚えのある声であった。

無論、牧野駿河守とて直参旗本。家慶の声を耳にしたのは初めてではなかったが、そうでなく、つい近ごろ、どこかで聞いたことがあるような。

「お主がひれ伏すのを見たのは、〝どげ傷、松之廊下〟以来であるか。人だかりの一番後ろで見ていたぞ」

ああそうか、と牧野駿河は思い出す。

あの松之廊下での声だ。――吉良式部と最初に千代田城内で土下座対決をした際に、集まってきた大名旗本たちのだれかが、ぽつりと『どげ傷、松之廊下』と呟いた。以来、あの一件は、その名で呼ばれるようになったのだが……。

「では上様が、御名づけ親でございましたか」

「うむ。なかなか上手いことを言ったものであろう？」

やはり、そうであったか。あの声が征夷大将軍のものであったとは。

駿河が顔を上げると、家慶は子供のように悪戯めいた笑みを浮かべていた。

あのとき松之廊下にいた者たちは、混乱の中にあったため、声が将軍のものと気づいていなかった。――権力を用いることなく人の心を動かせたことが、この上様には嬉しかったのであろう。

「さすがは上様、御見逸れいたしました」

牧野駿河が、目を真下へと見逸れさせる――つまりは土下座をすると家慶は、

「よいよい。いちいち頭を下げるな」

と、すぐさま顔を上げさせる。

つまりはこの将軍、土下座を見ようと〝どげざ奉行〟を呼びつけたわけではないら

しい。

「お主にわざわざ来てもらったのは、自慢話をするためでもなければ土下座見物をするためでもない。——とはいえ呼ばれたわけを阿部や水野に聞かれたら、自慢か見物と答えるのだぞ」

「は……」

だとすれば、いかなる理由であるのか。

そして、なにゆえ二大権力者には秘密であるのか。

その答えは——。

「〝どげざ駿河〟よ、予の役に立て」

ただの町奉行とはまた別に、なにか特別な役割をこの牧野駿河守成綱に与えようとしていたのだ。

〝どげざ駿河〟〝どげざ奉行〟と呼ばれるこの男に。

それはきっと、この男にのみ為し得る『理外』の役目であったろう……。

町奉行、牧野駿河守成綱。

人呼んで〝どげざ奉行〟。

やがて将軍家慶公より土下座御免状を賜り、ペリーと対決する男である。

小学館文庫
好評既刊

土下座奉行

伊藤尋也

ISBN978-4-09-407251-8

廻り方同心の小野寺重吾はただならぬものを見てしまった。北町奉行所で土下座をする牧野駿河守成綱の姿だ。相手は歳といい、格といい、奉行よりうんと下に見える、どこぞの用人。なのになぜ土下座なのか？　情けないことこの上ない。しかし重吾は奉行の姿に見惚れていた。まるで茶道の名人か、あるいは剣の達人のする謝罪ではないか、と……。小悪を剣で斬る同心、大悪を土下座で斬る奉行の二人組が、江戸城内の派閥争いがからむ難事件「かんのん盗事件」「竹五郎河童事件」に挑む！そしていま土下座の奥義が明かされる――能鷹隠爪の剣戟捕物、ここに見参！

土下座奉行 どげざ禁止令

伊藤尋也

ISBN978-4-09-407309-6

いまや大岡越前の名裁きを超えると評判の高い「どげざ裁き」。町人から拍手喝采を浴びる町奉行の牧野成綱だったが、なんと土下座禁止の命が下ってしまう。敵対する老中の水野忠邦と阿部正弘の嫌がらせに絶体絶命の牧野。今日のお白洲は「三方一両損」ならぬ、「三方一どげ損」で、紙一重の落着に導いたはいいが、すぐさま最大の危機が町奉行所に襲いかかる。江戸市中に阿片(アヘン)が出回っているというのだ。南北町奉行所総出で探索する中、同心の小野寺重吾は、「げんこつ咲く良(さら)」と呼ばれる喧嘩(けんか)娘に出会う。彼女は一体何者なのか？気炎万丈の剣戟(けんげき)捕物、再び参上！

恩送り
泥濘の十手

麻宮 好

ISBN978-4-09-407328-7

おまきは岡っ引きの父利助を探していた。火付けの下手人を追ったまま、行方知れずになっていたのだ。手がかりは父が遺した、漆が塗られた謎の容れ物の蓋だけだ。おまきは材木問屋の息子亀吉、目の見えない少年要の力を借りるが、もつれた糸は解けない。そんなある日、大川に揚がった亡骸の袂から漆塗りの容れ物が見つかったと同心の飯倉から報せが入る。が、なぜか蓋と身が取り違えられているという。父の遺した蓋と亡骸が遺した容れ物は一対だったと判るが……。父は生きているのか、亡骸との繋がりは？　虚を突く真相に落涙する、第一回警察小説新人賞受賞作！

小学館文庫
好評既刊

勘定侍 柳生真剣勝負〈一〉 召喚

上田秀人

ISBN978-4-09-406743-9

大坂一と言われる唐物問屋淡海屋(おうみや)の孫・一夜は、突然現れた柳生家の者に御家を救えと、無理やり召し出された。ことは、惣目付(そうめつけ)の柳生宗矩(むねのり)が老中・堀田加賀守(かがのかみ)より伝えられた、四千石の加増にはじまる。本禄と合わせて一万石、晴れて大名となった柳生家。が、大名を監察する惣目付が大名になっては都合が悪い。案の定、宗矩は役目を解かれ、監察される側に立たされてしまう。惣目付時代に買った恨みから、難癖をつけられぬよう宗矩が考えた秘策が一夜だったのだ。しかしなぜ召し出すのが商人なのか？　廻国中の柳生十兵衛も呼び戻されて。風雲急を告げる第１弾！

小学館文庫
好評既刊

死ぬがよく候〈一〉月

坂岡 真

ISBN978-4-09-406644-9

さる由縁で旅に出た伊坂八郎兵衛は、京の都で命尽きかけていた。「南町の虎」と恐れられた元隠密廻り同心も、さすがに空腹と風雪には耐え切れず、ついに破れ寺を頼り、草鞋を脱いだ。冷えた粗菜にありついたまではよかったが、胡散臭い住職に恩を着せられ、盗まれた本尊を奪い返さねばならぬ羽目に。自棄になって島原の廓に繰り出すと、なんと江戸で別れた許嫁と瓜二つの、葛葉なる端女郎が。一夜の情を交わした翌朝、盗人どもを両断すべく、一条戻橋へ向かった八郎兵衛を待ち受けていたのは……。立身流の秘剣・豪撃が悪党を乱れ斬る、剣豪放浪記第1弾！

人情江戸飛脚
月踊り

坂岡 真

ISBN978-4-09-407118-4

どぶ鼠の伝次は余所様の隠し事を探る商売、影聞きで食べている。その伝次、飛脚を商う兎屋の主で、奇妙な髷に傾いた着物をまとう粋人の浮世之介にお呼ばれされた。瀟洒な棲家狢亭に上がると、筆と硯を扱う老舗大店の隠居・善左衛門がいた。倅の嫁おすまに悪い虫がついたらしく、内々に調べてほしいという。「首尾よく間男と縁を切らせたら、手切れ金の一割、千両なら百両を払う」と約束する隠居に、生唾を飲み込む伝次。ところが、思わぬ流れとなり、邪な渦に呑み込まれ……。風変わりで謎の多い浮世之介とともに弱きを救い、悪に鉄槌を下す、痛快無比の第１弾！

小学館文庫
好評既刊

春風同心十手日記〈一〉

佐々木裕一

ISBN978-4-09-406843-6

定町廻り同心の夏木慎吾が殺しのあったという深川の長屋に出張ってみると、包丁で心臓を刺されたままの竹三が土間で冷たくなっていた。近くに女物の匂い袋が落ちていたところを見ると、一月前に家を出ていった女房おくにの仕業らしい。竹三は酒癖が悪く、毎晩飲んでは、暴力をふるっていたらしいのだ。岡っ引きの五六蔵(ごろぞう)や女医の華山らに助けを借りて探索をはじめた慎吾だったが、すぐに手詰まってしまい……。頭を抱えて帰宅した慎吾の前に、なんと北町奉行の榊原忠之が現れた⁉　しかも、娘の静香まで連れているのは、一体なぜ？　王道の捕物帳、シリーズ第１弾！